我的青少儿时代

乔 盛 著

中国文联出版社
http://www.clapnet.cn

图书在版编目（CIP）数据

我的青少儿时代 / 乔盛著 . -- 北京：中国文联出
版社，2016. 8（2023. 3 重印）
ISBN 978 - 7 - 5190 - 1755 - 2

Ⅰ . ①我… Ⅱ . ①乔… Ⅲ . ①回忆录—中国—当代
Ⅳ . ①I251

中国版本图书馆 CIP 数据核字（2016）第 210687 号

著　　者　乔　盛
责任编辑　卞正兰
责任校对　李海慧
装帧设计　中　一

出版发行　中国文联出版社有限公司
地　　址　北京市朝阳区农展馆南里 10 号　　　　邮编　100125
电　　话　010 - 85923025（发行部）　　　　85923091（总编室）
经　　销　全国新华书店等
印　　刷　三河市华东印刷有限公司

开　　本　710 毫米×1000 毫米　　1/16
印　　张　9.5
字　　数　137 千字
版　　次　2023 年 3 月第 1 版第 2 次印刷
定　　价　58.00 元

作者 1957 年 10 月 1 周岁时的留影

作者1957年10月1周岁时与母亲王桂梅在一起（右一）

1977 年作者 21 岁时在瓦罗公社工作时的留念

跨入 21 世纪后，作者与母亲在北京天安门的合影

目 录

一、我出生在神木城

1950 年春天，伴随着新中国的诞生，14 岁的父亲到神木县南部山区的王桑塔区给区长当通讯员。这是父亲参加工作的开始。

我的父亲原名乔书名，是我的老祖爷（曾祖父）给起的名字，其意思就是要当一个读书人，成名成家，光宗耀祖。

我的老祖爷叫乔布枝，18 岁闯荡江湖，先后到过太原、北京、天津给有钱人干杂活。少时在乡间读过两年私塾，18 岁那年流浪到太原经算命先生算了一"命"，说他成不了帝王，就自家五代之内必出圣人。老祖宗很相信这个"天命"，认为自己有当帝王的"命运"。大概是受"天命论"的影响，他独自来到天津一带，先参加义和团抗击八国联军，后又反清反帝，被当成"土匪"追杀。28 岁那年一人逃回老家石曹峁村，接着又在青阳岭买了 300 亩耕地、4000 亩荒山，娶妻生子。老祖宗给我爷爷起名殿忠，给二爷爷起名二殿，寄予他"称帝称王"的不灭思想。我大叔父出生后，老祖爷给起名书子，大意是读《尚书》，当天子。我书权叔出生后，他给起这个名字，显然也是希望这个孙子读书掌大权，成就一番大业。我父亲参加了工作，在老祖爷去世 10 年后的 1953 年将自己的名字改为书民，表达了父亲继承老祖爷遗志的坚定决心。读书成大器，书写人民的伟大事业。

父亲天资聪明，长得英俊。14 岁已经是长得 1 米 8 的个子，加之七八岁的时候跑到外村念过两年冬书，参加工作后刻苦自学，进步很快。父亲给区长当通讯员，挤时间学文化，学画画，练书法。经过 3 年的苦学磨炼，成为区政府的小笔杆子。1954 年，18 岁的父亲认识了与他同龄的已是高小毕业的母亲王桂梅，经区领导介绍，父母亲正式订了婚。1955 年春，父亲调神木县人委（县政府）工作，给县长当秘书。这年冬天，父母亲在神木县结婚。1956 年 5 月，母亲怀上我已经 3 个月。就在这个时候，国家实行了第一次服兵役制，父亲积极报名应征。父亲报名参军有两个条件（理由）：一是家中兄弟众多，亲兄弟一共 4 人，父亲排行老二；二是父亲是县领导的秘书，又刚好 20 岁。领导干部身旁工作的青年带头报名参军是一条政治原则，父亲必须无条件服从组织的决定。

父亲参军的事情，很快被批准了。身体好，有文化，又是国家干部，带兵的人一下子就看中了父亲。可是，母亲心里既高兴，又为难。高兴是父亲从今以后成了一位军人，前途不可估量；为难是她已经怀上孩子，将是做母亲的人了。孩子出生后，她面临许多困难。大概组织上看到了父亲参军走后母亲面临的实际困难，经县政府领导批准，母亲作为在职服现役军人的家属被安排到县百货公司当售货员。父亲参军走时，母亲作为家属代表，在全县欢送新兵入伍的大会上发了言，表了决心，坚决支持丈夫参加人民解放军，为保卫祖国立新功。

父亲与其他新兵坐上汽车离开神木县城时，母亲挺着肚子到车站送行。一对刚结婚不到半年的青年夫妇分开了。这是新中国成立后的第一次义务征兵，本次在榆林地区征的新兵全部划入兰州军区。新兵运送到了甘肃省平凉地区，开始了紧张的军训。3 个月后，作为骑兵的父亲，跟随大部队开进了陕（西）、甘（肃）、青（海）、川（四川）、藏（西藏）5 省区交界地带，投入到了艰苦、残酷、激烈的剿匪平叛战斗中。

父亲在前线打仗，母亲在后方当售货员。母亲好久收不到父亲的来信，心里着急。中国西藏、青海、四川、陕西、甘肃一带的平叛战斗牵动着全国人民的心，更是撕裂着母亲的神经。1956 年的夏秋太阳是火热的，塞上高原的燥风卷着沙子袭击着神木古城。母亲离临产的日子不多了。喜悦，焦急，不安，一齐缠绕着年轻的母亲。快到临产前半个月，姥姥从南乡黄河边的石由峁村来到县城，准备母亲产后的照料事宜。母亲从父亲参军走后，在神木县城南门处不到 10 米的地方租了一姓陈居民的一间房子，作为自己和孩子居住的地方。到了农历十月四日，太阳从神木东山刚露头，我来到了这个陌生的世界。姥姥和母亲看是生了一个小子，都高兴得笑出声，不停地说："儿子好，小子好，这是乔家的德行，也是王家的血脉。"一连几天，母亲都在给我起名字，起了好几个名字都不满意。母亲对姥姥说，孩子的名字既能包含父母姓名的含义，又能折射出神木地名的文化内涵，经她和前来看望她的一些同事反复推敲，最后给我起名为乔小林。乔，即树木，树木即神木的同义词。林含双木，揭示了神木文化的底蕴。而母亲"桂梅"二字也有双木，因而给我起此名最为合适。还有更深的历史文化典故是，相传神木县城南门外百步内在西汉时有松树三棵，又称之为神松，神木由此得名。故给孩子起名"乔小林"有关照历史之深意，寄孩子有大志之望。

我姥姥高兴地不停地说："小林好，林林好。小树林会长成大树林，一棵树会生一片树林……"

我的名字，从此与神木的县名和历史紧紧地系在一起。母亲说，我的这个名字正是我的老祖爷所期望的。我生在神木县城南门旁，距三棵神松很近，必定沾仙气，成神也。回县城来看望我的爷爷，他将着胡子也高兴地说："丙申年的猴，火命。火烧林，必成一番大业。"他这个孙子是"二品官"的命。我的爷爷、姥姥、母亲等亲人都对我降临到这个人间寄予了厚望。尽管迷信色彩十足，有些荒诞，却也反映了两代人对下一代人的祝福。母亲把给我起名的经过写信告诉了父亲，在青藏高原行军打仗的父亲收到信后更是高兴，他已经是一位做爸爸的军人了，而且还是个儿子，起了一个与家乡神木有着文化内涵的名字。父亲回信告诉母亲，青藏高原气候寒冷，空气稀薄，整天穿越雪山，跳过深沟，与叛匪捉迷藏。仗打得很残酷，随时都有牺牲的可能。父亲要母亲照料好孩子，等他胜利归来。

快满月的时候，母亲急着想上班，可是，孩子谁来照料。姥姥家中还有二姨、三姨、大舅一家人，又种地，不能长时间照看我。母亲经托人联系，在神木城南门外一百米左右的一条胡同内，找到一家专门照料小孩子的人家。这家男主人姓杨，名巨才，人品好，又诚实，在县汽车运输公司当工人。女主人是一位家庭妇女，正好用自己的奶汁喂养了一个孩子。价钱说好后，到了40天，满月过了10天，母亲把我送到杨家。母亲把我送到杨家抚养后，又开始到百货公司上班当售货员。当售货员的工作是挺光荣的，也是辛苦的，一天站 8 个小时的柜台。母亲忙碌地上完班，饭也来不及吃，赶忙跑到城南关的杨家来看望我。最初的日子，母亲每天下班后来看望我一次，过了 100 天，隔两天来一次，给我买些小玩具。到了 5 个月，母亲隔 3 天来一次，抱着我逗玩一番交给奶妈。大约到了 1957 年的初秋，我还不到一周岁，已经开始站起学走路。母亲看着我会走路了，乐得不停地说，早走的孩子有出息，长大后走得远。母亲抱着我到县城唯一的照相馆给我照相，去商店买好吃的。

其实母亲经济很困难，工资低，一个月只挣得 16 元，除过自己的伙食费和按月给我支付奶钱外，剩的没有几个零花钱，自己穿衣也只有时常穿的一套，洗衣服都是晚上洗了晾干第二天再穿。那是母亲最艰难的日子，那是我最幸福的日子。母亲的艰难换来了我的幸福。这也许是天下母亲共同对待儿女的生活态度。看着母亲过着艰苦的日子，几乎无法承担支付我的奶钱，同事们对母亲提议，国家新出台政策有规定，对现役军人的孩子，因家庭生活困难，当地政府将给予适当的生活补助。母亲犹豫一番后，到县民政局申请领过两次抚养婴幼儿的营养费。但是，这并不能解决母子俩的根本生活问题，母亲只能在自己的伙食费中节省。那时县百货公司的单位大灶本来生活很低，一个月只能吃两次肉，一周吃一顿白面或大米，其余全是吃的粗粮，如高粱米、黑豆等杂粮。为了支付抚养我的奶钱，母亲下决心不吃肉，不买新衣穿。母亲不吃肉的生活习惯从此养成，直到多少年后到了她老人家的晚年也始终没有吃一口任何动物的肉。母亲不吃肉后，一月至多节约 2 元钱。随着我的年龄增长，到两岁时，我已经能够在县城南关的大街小巷乱跑。我不只是要吃奶汁，还要吃零食、吃粮食、穿衣，这更加重了母亲的负担。青阳岭老家的爷爷、奶奶和石崾崄村的姥爷、姥姥他们只得从各自的生活费中省出一些钱粮送来县城，以弥补母亲和我的生活开支。

我的母亲曾在石崾崄念过小学 6 年级，在那个年代算是知识女性。她有个性，有思想，有追求，看着父亲在前线打仗，自己也想继续进步。到了我两岁的时候，母亲向组织上提出继续读书深造的要求，组织上考虑到母亲的实际情况，已经在县百货公司干了近 3 年，批准了她的请求，推荐到陕西绥德师范读书。母亲临走前，向杨家两口子对我的抚养表示了再三感谢，每月支付我的生活费一分不少，按月从她的工资中扣除，因为母亲当时是带工资念书，近一半工资作为支付给我的抚养费。我在蜜罐里成长，母亲在艰苦中求学，父亲在炮声中战斗。一家三口人，在不同的环境里生活。这是发生在50年代的末期。我到了4岁的时候，母亲在绥德师范念完了两年书，重新分配到神木教育系统当教师。

1961年，我5岁了，父亲完成了他服兵役的光荣任务，转业到神木县西沟公社工作，母亲在马镇公社葛富村小学任教。父亲刚回来的那些天，与分别5年的母亲重逢，自然有说不完的情感话，两口子面对着我的成长，描绘着未来的美好前景，计划在神木县城安家，好好培养我读书。然而，就在这时，国家做出了一项政策规定，将40%的国家干部职工精减，回到农村参加生产第一线，并要求党员干部、积极分子带头。这是国策，是发展经济，摆脱困难，渡过难关，实行机构改革的一项重大战略部署。受过战斗烈火考验的父亲思想产生了巨大的波澜。既然是国策，自己作为党员干部、军队转业干部就必须带头。当初他赴青藏高原剿匪也是听从党的召唤，带头参军。作为党员干部，听党的话不错，跟党走没错。再说，眼下国家干部的生活待遇也确实低，日子过得艰难，一个月的工资也只能到集市买两筐山药蛋。

父亲把他的真实想法告诉母亲，希望得到母亲的同意。

"国家的困难是暂时的，再说国策也不一定非要你这个军队转业干部带头。不能回去，回去青阳岭什么也没有，住的地方怎么解决，还有，小林怎么办，也带回农村去？"母亲表示不同的意见。

父亲彷徨，拿不定主意，去找县领导。

"党的号召，党的政策，党员干部带头，回农村生产第一线，这还用问吗？"

父亲听了，无言回答，心里下了决心。好吧，回农村去，回青阳岭去，回去种地，照样也是干革命，为党做贡献。自己14岁参加工作，一直是听党的话，听党的召唤，党叫干啥就干啥，这次也一定听党的话回农村生产第一线干一番事业。父亲把自己的最后决心又向母亲讲了，希望得到母亲的支持。母亲听了还是不能接受，但是也找不到更为合适的理由反对父亲的选择。在母亲的世界里，当国家干部与当农民是两回事情。国家干部就是国家干部，农民就是农民。国家干部再生活待遇低，那也是国家人员，挣的工资，吃的供应粮，享受国家给予的政治地位待遇。自古以来，国家工作人员都是受到人们敬重的，而农民长年累月干死累活都在土地里滚着，还吃不饱，穿不暖。想一想自己的爷爷、奶奶、父亲、母亲祖祖辈辈在黄河滩忙来忙去种田、锄地、收秋的生活，母亲越觉得不能回青阳岭种田去，她用自己娘家的种田经历来说服父亲放弃回农村的想法。

"不行，我得回农村去，这是党的号召，我必须响应。就像当年参军一样，要无条件服从组织的决定。"父亲嘴上这么对母亲讲，心里却说不出的一种滋味，无非是回去干得当一个劳动模范，打得粮食多，能够吃饱肚子。再说县、公社领导都表态了，回农村党员干部要带头。这回参加农村生产劳动的头一定得带。父亲给母亲的答复再也不是商量的口气，而是坚决的，强硬的，带有命令似的。不但他自己要回农村参加生产劳动，要母亲也必须一齐回去，没有再商量的余地。

"我不回去，我喜欢当教师。"母亲说，她从农村走出来，从当售货员到教师，苦没少吃，气不少受，再回到农村当农民，她不愿意。再说孩子过两年就要上学，青阳岭条件差，会耽搁孩子的前程。

"不行，你不回去，我一个人回去怎么成。"父亲反复劝说母亲，一定跟他回农村，为建设社会主义新农村做贡献。父亲说，县领导已经表了态，让他带个头，给所有精减和压缩的国家干部职工做个榜样。共产党员，要有觉悟，不能见困难就躲着走。父亲铁了心，要回农村生产第一线，他不能辜负了领导对他的希望。当年自己出来工作是领导亲自要的他，参军入伍是领导点名让他带头，这回领导又要他回农村参加生产劳动。总之，一切听领导的安排没有错。人民公社的社员多光荣啊！25 岁的父亲，已经有 11 年工龄的父亲，似乎在成熟与不成熟之间寻找着自己的人生道路。"40% 的国家干部职工回农村生产第一线，这是一场深刻的社会变革和革命啊！"上级领导就这么对父亲反复讲。这是考验真共产党员与假共产党员的试金石。父亲还能有什么话讲，母亲也有满肚子话说不出来。

"革命啊，首先要革自己的命，才算真正的共产党员。"母亲说服不了父亲，也拗不过这场史无前例革命的强大推动力。母亲抱着我流泪了，望着作好回农村准备的父亲，再也没有吭一声。

那是一个初秋的早晨，父母亲办了有关回农村当农民的手续，装着仅有的一笔少量的安家费和一些书籍，背着我离开神木县城，踏上了回青阳岭的山路……

二、回到青阳岭

　　父母亲回到了青阳岭,爷爷和奶奶都很高兴,他们抢着抱我这个孙子,笑容挂在了眉头。爷爷给当时还是只有3户人家的青阳岭生产小队放羊,奶奶参加集体劳动。大叔父书子已经成婚多年分家居住,成为独立的一户。三叔来连给生产队劳动,有时也出门去赶集逛会,或是到西口外的包头、五原一带打短工。大姑秋莲刚嫁到沙墕村,四叔父岱子和小姑兔梅因不能念书在家挽草喂猪、干家务活儿。父母亲带着我回村,首先是住宿问题不好解决。大叔父一家住一孔窑洞,爷爷奶奶一家住一孔窑洞,我的叔伯叔父书权一家住一孔窑洞,爷爷再没有多余的窑洞,只好向书权叔借一孔放柴草的旧窑洞,收拾了一顿,让父母与我暂时住下来。

青阳岭村四周围合的群山

也许是出于刚回到青阳岭的原因，父母对村里的一切都感到好奇、新鲜。看见羊子带着小羊羔回圈，父母拖着我去追赶羊子，看见小花狗摇尾巴，父母也感到格外的惊奇，看见喜鹊在外面的榆树枝头叫，两人捡起土块扔着打喜鹊……天空的云，墙头的鸟，沟底的长流水，每天出圈回圈的羊子……都对父母亲和我产生着吸引力。

青阳岭好啊，3户人家都能够吃谷子面窝窝、山药蛋、大白菜、煮豆子……没有饥饿，没有争吵，没有开会，没有请假汇报，更没有领导板着面孔训斥人，当然，也没有战争的枪炮声……好像小山村真的像一个世外桃源，过着家族式的共产主义庄园大家庭生活。然而，这种好奇的、新鲜的、舒适的想象中的小山村共产主义天堂生活连一个月也没有维持就发生了裂变。问题还是出在父母亲双方身上。当一种稀罕的视角过后，便在盲目中开始了冷静的思考。父亲感到这个村子一切又变得陌生起来，14岁时离开青阳岭，那时各种农活儿都会干，耕地，抓粪，锄草，收秋，挑水，背柴……都是自己干惯了的营生，而如今再去做，仿佛都变得手生了，也不太习惯了，特别是母亲，她是一位新派知识女性，从学校当学生到进县城当售货员，再到绥德师范读书当学生，毕业后当老师，一切受到的是现代城镇文明教育的洗礼，当一个月的小山村家族式共产主义生活过去后，很快被小山村的寂静与单调、陌生与拒绝隔离开来。她刚教了一年书，当了一年的小学教师，她还没有在课堂站够，她喜欢那一张张孩子的嫩脸，还有同事们每周一起开会讨论办教育的争辩声……三尺讲台，才是她最理想的生活之地。青阳岭没有这样的条件，是一个没有学校的只有一家人家的大家庭。她在这个家庭里，只是一个媳妇，一个不会参加生产劳动的女人。她的爱好遭到了冷落，她的理想受到了前所未有的抽打，她的知识变得没有价值，没有推销的市场。她文凭虽然不高，却也是一个师范学生。在神木南乡的山区，一个女师范学生比一个秀才也吃香。母亲想着想着，感觉有一肚子的委屈，她向父亲倾诉自己的苦衷，而父亲更是闷着一肚子气，不知向谁发泄。

在青阳岭住了一个月，父母亲与我同爷爷、奶奶一家一起吃饭。每顿饭都是奶奶去做，小姑帮着洗菜、舀水，母亲也有时帮着洗锅、扫地、扫院子。青阳岭一切都是以"土"为"命"，住的土窑，睡的土炕，踩的土地，走的土路，闻的土味……整个小山村全围合在四面是重叠土山的山根底，抬头只看见高高的蓝天盖在土山顶。有几回，父母亲在家闷得待不住，背着我到山梁上跟着大叔父他们去收秋挽糜子，父亲刚挽了一会儿，手掌打起血泡。母亲的手也被勒出血口，还不到收工时分，父母亲就带着我回到家。快放羊走的爷爷看见父母亲两人的手掌都勒出血红口子，心疼地说："你们回来爹高兴，可是往后种田的活儿难熬。人这一辈子，不容易啊！当农民，做个好庄稼人，爹不反对，但是你两口子不是种田抓粪的料儿啊！"爷爷有满腹的难处没处说。其实爷爷对父母亲的回来，心里是有不同看法的。他老人家有四个儿子，他最看准的是我的父亲，希望父亲能吃一辈子公饭，给国家做些事情，也为乔家祖宗争些光。没有想到国家一场"精减干部革命"把他的二儿子、二儿媳都赶回了青阳岭。爷爷对父母亲的回来，高兴是表面的，内心充满了忧愁，他最担心的不只是父母亲吃不了农村的种田苦，更关心的是父母亲将来的前途。二儿子、二儿媳都才25岁，还是两棵正在发青的榆树，这么年轻就被挤出"公家门"，这往后的路怎么走。二儿子书民14岁就参加工作，已经有11年的工龄，怎么就被精减了呢？爷爷心里想不通，却嘴上不说。

母亲举着带血泡的右手，冲着父亲说："怎么样，感觉好不好？我早就给你说，种田的营生，不是你和我干的事情。不是我瞧不起农民，是咱从小没有经受过体力劳动的锻炼。"母亲抓住父亲的手又进一步说："后悔不后悔？当初我就不同意你回农村，你偏要一意孤行。这才刚开始，往后的路还长着呢，别以为你的手握过枪，这握犁把、握镰把比握枪杆子也艰难……"

"别说了。你以为我愿意吗？"父亲挥着手吼道："这是党的号召，领导的安排，我不带头行吗？"

"怎么不行，你当初不主动要求，组织上肯定不会精减。再说了，即使精减也轮不着你。你说军队转业干部要带头回农村第一线，其实军队转业干部是照顾留在国家机关的对象。还不是你头脑发热，苦了你，害了我，又耽误了孩子将来的读书。再过两年，小林就7岁了，该上学读书。你让孩子到哪儿读书，你——"

"住嘴，那你不会不回来？"父亲发着脾气，用拳头砸着地下放着的柜盖，震动得上面放着的几个吃饭碗掉到地上摔碎了。

母亲见父亲砸碎了碗，又批评父亲说："我本不愿回来这个小山村，是你三番五次动员我回来当啥人民公社好社员，如今又说是我要回来。反正都是你的理。"

"咔嚓——"这次是父亲有意拿起一个吃饭用的大碗摔在地下，砸成几块，飞溅到窑洞壁。

爷爷见父母两个吵嘴，分别劝说父母不必吵了，既然回到了家，就安心劳动过日子，当农民也是一辈子，没有啥不好的。

这是父母亲第一次吵架，我记得朦朦胧胧，印象不是很深刻。我那时什么也不懂，对什么事情都好奇，见陌生人也不怕，也不生分，只要别人让我做什么，我就做什么。我对神木城的生活也记忆不深，对杨家小院的生活更是回想不起来。对于奶爹、奶妈也是模模糊糊，好多他们的往事怎么也回忆不起来。因而父母带我回青阳岭走时我跟着就走。回到青阳岭这些日子以来，我突然像脑袋上又张开了第三只眼睛，对我在县城生活的一些片段忽明忽暗地产生了印象。杨家小院大门口那条小胡同仿佛是我人生第一次有记忆的开始。我在那条小胡同每天跑出跑进，被一个中年女人在身后追出追进。她就是我的奶妈，是我记忆中的第一个亲人。我突然间感到青阳岭村的一切变得陌生起来，连同父母亲、爷爷、奶奶、叔父、姑姑……这些人似乎我是第一次见到，与我之间存在着一条跨越不过的深沟。什么是爸爸？什么是妈妈？什么是爷爷？什么又是奶奶？我不懂。看着黑乎乎的土窑洞，我跑出门外，看见四面是陡坡的土山。山，又是什么，我弄不清楚。我怎么会来到这么一个抬头只看见蓝天的地方呢？奶妈呢？奶爹呢？大门洞呢？小胡同呢？还有那只推我的自行车呢？据说，一个幼儿的记忆是受到外界刺激后才在一个陌生的环境中产生的。

这一天，是我有记忆力的真正开始。原因是因为父母吵架。身在神木城南乡山区的青阳岭，回想起的却是神木县城南关奶爹杨巨才家生活的细微琐事。我也搞不明白，我的情感世界里怎么有奶爹奶妈的身影，却没有父母亲和爷爷、奶奶的面容笑貌呢？看来，对于一个婴幼儿或儿童而言，在记忆力未完全形成之前，谁对他最亲近，他会对谁产生亲情。我的奶爹奶妈当然在4年多到5年的时间里对我的养育之恩的占用时间要多于父母亲的时间，我对他们产生亲情和思念也是正常的。至于称呼对于我一个还不到5周岁的孩子而言，只不过是一种文字符号而已。父母他们为了工作、为了事业，长期不在我的身旁，尤其是父亲，我发现我与他之间像有一道高墙挡住，我看见他发脾气，吓得不敢靠近，他好比一只陌生的凶猛的老虎一样朝一个女人瞪眼睛。这个女人—我的母亲，我几乎也是像第一次见到，却生生地不敢靠近。我这才越来越想起了，这个地方不是我的家，这些人也不是我的亲人。我要奶爹，我要奶妈。面对亲生父母的吵架，我第一次吓哭了。我要回家，我要到小胡同外面的大街玩耍，我要吃糖块……

对于我突然对奶爹奶妈的思念，父母亲和爷爷、奶奶都感到震惊和意外。想不到小林这孩子过了几十天，才想起了神木城里的生活，想起了他的奶爹奶妈。我整天哭闹，谁也不认，搞得父母亲不知道怎么是好。奶奶哄我，我也不理，只是想着看习惯了的那个小院、小胡同……我对青阳岭是陌生的，父母亲对青阳岭也是陌生的。我的陌生是哭闹、乱跑，不接受亲人的接近，而父母亲对青阳岭的陌生却是双方争吵，发泄对眼前生活的不满。母亲埋怨父亲，父亲指责母亲，相互对回到青阳岭产生了极大的后悔。母亲把回青阳岭的责任一切归怨于父亲的没有主见，不像一个当家的男子汉。爷爷看着父母亲争吵，知道他俩是为居住条件差、生活不习惯、吃不下农活儿而抱怨。爷爷为了能够使父母好好过日子，也为了我的未来，决定把离青阳岭10里路的石曹峁村老祖宗留下的一孔石窑洞分给父母，让他们带着我回石曹峁村居住。

我的老祖宗原是石曹峁村人，划归当时的沙峁公社，青阳岭属于瓦罗公社。石曹峁村有40多户、100多口人，算是一个大村子。爷爷的决定，父母亲双方都表示同意。因而他们把我留在青阳岭爷爷身边，他们先回石曹峁村去看窑洞，收拾窑洞，准备着搬家。父母亲看了石曹峁村的窑洞，感到条件还不错,大村子总比小村子好。再说青阳岭没有学校,石曹峁有一所民办小学,这为我将来的读书提供了方便。父母亲又跑瓦罗公社、沙峁公社,把我一家3口人的户口也迁回了石曹峁。正式回石曹峁村时,爷爷、奶奶又把家里的小米、豆子、窝头面、山药、白菜等杂粮蔬菜用牛驮了两袋子,还带了一些做饭用的锅、盆、碗、勺、筷子之类的生活用具。往石曹峁村搬家一连搬了3天,每天跑一回。因为父母从县城回青阳岭时带了不少书籍,那些厚书,有的是父亲看的,从部队转业时带回的;有的是母亲爱读的书。他们两个的书装了一大布袋,黄牛驮了满满一袋子。

我跟着父母回到石曹峁村没有住了3天,觉得这里的土院、土圪垯、土路……一切都陌生,来看父母亲的大人小孩对我而言,是那么生分又害怕,我躲到窑洞的一角不敢看他们。虽然有父母亲疼爱我,给我教字,看小人书,可是,我总感到这孔比较大的石窑洞不如青阳岭村爷爷家的小土窑洞暖和。已经是初冬了,我不只是想念神木城的那个奶爹奶妈家的小院、小胡同,又思念着青阳岭村的那个长胡子的爷爷。我在青阳岭住了几十天的日子里对爷爷并没有产生多大的感情,而现在离开爷爷只有3天、又有父母在身旁却思念起了爷爷。那个放羊的矮个子老头儿对我多亲热哩,还有瞎了一只眼睛的奶奶,我也想她啊。不知为什么,回到石曹峁村的3天里我不肯吃饭,也不到院子内玩耍,睡在炕上不起来。父母问我是不是身体不舒服,我摇头一句话也不说,望着空荡荡的窑洞,我不知为什么淌出了眼泪。这个新的环境我接受不了,搞得年轻的父母没有了主张。经父母商量,他们又把我送回青阳岭村爷爷和奶奶的身旁,等过些日子再来接我。

回到青阳岭村的日子似乎比在石曹峁村住那3天要舒服,首先是有爷爷抱着我一齐到院子外的羊圈,给羊子喂吃冬草、黑豆。小羊羔叫起来好听。"咩——咩——"我在院子里追赶小羊羔,逗得四叔和小姑他们不停地笑。每天上午羊出坡时,我总要缠住爷爷抱出几只小羊羔陪我玩。我伏在爷爷的怀里,一边抚摸着小羊羔,一边听爷爷给我教黄纸书上的字:一不许撩鸡逗狗,二不许傻呆看人,三不许打人骂人……

在爷爷和奶奶的关照、哺育下，我慢慢地淡忘了神木城南关的杨家小院、杨家大门洞、杨家小胡同……我对奶爹、奶妈长得是什么样也开始记不起来了。一对抚养了我近 5 年的奶爹奶妈逐渐走出了我记忆的世界。这就是儿童的大脑，可以把曾有的刻骨铭心的记忆遗忘得再也回忆不起来。爷爷和奶奶的形象、身影、笑容逐渐在我的脑海树立起来，越来越清晰、高大。

不知是什么原因，我在青阳岭又住了近一个月的日子，父母亲也一直没有回来看望我。有爷爷、奶奶、四叔、小姑一家人在，我也不想念父母，好像父母的影子也开始离我有些距离了。过了 1962 年的老年，也就是春节，父母亲还是一直没有回青阳岭。我已是一个 6 岁的孩子，记忆完全形成，特别是对过去的 1961 年秋冬发生的事情记得非常清楚。我明白，我的父母亲在石曹峁村住着。我从爷爷和大叔父、三叔父、四叔父他们的拉话中知道了一些父母的情况。我的父母亲在石曹峁村生活得并不怎么好，他们还是经常争吵，为穿吃、为劳动、为我、为工作的事情争吵得互不相让。到了农历的二月，春耕开始的时候，爷爷带着我回石曹峁村走了一回，但是，没有见到父母亲。村里的人说，父母亲已经出门走了几天，可能是到沙峁公社办离婚手续。爷爷听了，不停地唉声叹气。我不懂得什么叫离婚。从爷爷的神情看出只知是一件不好的事情。爷爷带着我回到青阳岭，一连几天都不怎么说话。奶奶也心情不怎么好，眉头挽一颗疙瘩。又过了半个月，父亲回来了，他一见爷爷就大声喊，离了，离了，彻底解脱了，打光棍也是人活的。爷爷对大喊大叫的父亲大声斥责。好端端的一个家庭，拆散了。打光棍的日子不好过，以后就会后悔的。

围绕父母亲离婚的事情，青阳岭一大家子人都对父亲进行了指责，他们说父亲瞎工作了十几年，白当了一回兵，白革命了这些年，26 岁的人了，头脑太简单，婚姻大事，怎么说离婚就离婚。父亲不接受批评，满脸的怒气。他骂母亲忘恩负义，立场不坚定，经受不住农村困难生活的考验，是天底下最坏的女人，从他精减回农村那一天起就背叛了他，云云。

过了些日子，父亲离开青阳岭出门走后，爷爷、奶奶才听石曹峁村到青阳岭来买羊的两个人说，父母亲离婚时，还打过架。父亲把母亲打得浑身是伤。母亲要回青阳岭最后见我一次，父亲都不让。母亲是带着伤到沙峁公社与父亲离婚的。母亲走时只带着两件她穿的衣服，别的什么也没有带。他们说母亲哭得很伤心，从沙峁公社离婚后，回马镇公社石峁峁村的姥姥家去了。

我成了无妈的孩子，我才第一次懂得了父母离婚对我意味着什么。我不知为什么，突然有好多事情回想起来。我猛然想到在神木城时还有一个上年纪的女人那样疼爱我。对，她就是我的姥姥。父母亲的离婚，反刺激起我对姥姥的思念。爷爷和奶奶见我自从父母离婚后，变得性格孤僻，少言没语，心里都很难过。大概是夏季的一个半夜里，我在睡眼蒙眬中醒来，发现父亲站在地上，正与起来穿衣服的爷爷说话，意思是要背上我走，把我送到离青阳岭村50华里的石峁峁姥姥家。爷爷和奶奶同意了，让我到姥姥家住上半个月就回来。

原来，父母离婚后，姥姥和姥爷给爷爷、父亲托人捎了几次话，让把我送到他们家住一阶段，他们想念我这个外孙。

我做着第一次到姥姥、姥爷家的准备，是在父母亲离婚后的4个月。

三、去石畾峁姥姥家

我姥姥家石畾峁村在距青阳岭村东南的 50 华里外，坐落在黄河的西岸，是一个有着三四十户人家的村子。全村人都姓王，是共一个祖先的后代。姥爷他们亲弟兄 5 人，姥爷排行第四。大姥爷早年因遭灾饿死，二姥爷中年时病亡，三姥爷跟着共产党闹革命，当红军、八路军，做过贺龙所部 120 师的供给处长，在延安"整风""肃反"时被错杀（1980年已给落实政策平反）。姥爷和五姥爷在村里劳动。五姥爷一生没有讨老婆，是一个双耳聋子，为人善良。

我的姥爷叫枝堂，没有文化。姥姥也姓王，叫毛仁，一个男孩的名字，也不识字。姥姥是一个山区农村的姑娘，16 岁嫁给姥爷，17 岁生的我母亲。我母亲是姥爷和姥姥的长女。两口子一生生养了三女两男，母亲、二姨占梅、三姨玉梅、大舅换新、二舅埃新。那时，二舅还没有出生。姥爷和姥姥对母亲寄托了很大希望，一个黄河滩靠种几亩枣树养活大的孩子，能找了一个吃公饭的女婿，在神木城安了家，又读书到师范，当售货员、当老师，真是高兴极了。不料，国家精减干部的政策，把大女儿和女婿全都赶回农村，又走上了离婚的道路。

姥爷是个性格倔强的男人，对于我父母的离婚不说一句话，也不评论谁是谁非，只是一年四季一边种着自留地，一边给集体劳动。枣树是村里人的命根子。姥爷家原来枣树有上百株，合作化、实行人民公社那一年收归集体，只留五六株属于个人的自留枣树。

我是第一次到姥姥家。见了姥爷怯生生的，不敢靠近。父亲把我放到姥姥家，只给姥姥打了一声招呼就走了。父亲一定是因和母亲离婚而羞得不敢见姥爷和姥姥。我的姥姥是一个缠脚的女人，个子高，走起路来稍有点拐脚。她见父亲走了，双手抱住我抽泣。她一边喃喃地咒我的父母，一边拿湿毛巾给我擦脸。我二姨占梅已结婚，嫁给神木城的一个读书青年，也就是我的二姨夫董维凡。大舅换新才十几岁，还不到结婚的年龄，在本村小学毕业后参加生产队劳动，一天挣 6 分工，算是半个多劳力。三姨玉梅比我大 3 岁，也是一个孩子。我的到来，给姥姥家增加了欢乐，也带来愁云。我在青阳岭村时已听爷爷说过，父母亲离婚时有口头协议，我归父亲一方抚养，是属于乔家的人。为这个我归谁的问题，姥姥对父母亲都不满，她当着我咒，挨刀子的两个没头野鬼，离婚是你们的事，还能与我的外孙离了？外孙永远是外孙，不会因父母亲的分手而改变身份。我在神木城杨家小院生活时，姥姥进城来看过好几次。尤其是她最后一次在杨家小院见我的情景我回忆得特别清楚。那一次姥姥给我买了 5 个饼子，抱着我一直走到小胡同才放下，擦着眼泪消逝在南关的街头。

姥爷家住的一个小院子，三孔石窑洞，有大门。西窑洞五姥爷一个人住着，东窑洞为库房，放粮食和杂七杂八的农具，中间是姥爷一家住着。这个家庭应是一个生活自给的家庭。三孔石窑洞是民国十年（1921）修的，足见我的老姥爷当时在全村是一个生活富裕的人家。据说合作化划定成分时，村里有人要给姥爷家定为富农，后反复核实财产，才改为下中农，接近贫农。石峁峁是一个美丽的村子，一半人家住在半石坡，一半人家住在石山下的根底，怀前是一眼望不到前后滩的枣林，枣林里是水浇地，有水渠从门前的大路流过。离石山根二里之遥便是黄河，日日夜夜向南奔流不息。石峁峁村的前滩五里处是盘塘村，后滩是垒沟村，头顶是寨则沟、秦梁两个村。每个村子之间距离都很近。枣林围合的每个村子墨绿一片。我到了一个新的生活环境里，一切都感到新奇。大舅和三姨带着我到枣林里玩，追赶小鸟。正是夏天，枣树枝头已经挂上一串串绿色的小枣珠。我在石峁峁姥姥家住了 20 多天，只见过母亲匆匆忙忙回家住了一个晚上，第二天就走了。母亲只问了我几句话，问我爷爷和父亲给我教字没有，我对母亲说，教了，我已经认会 200 多个字，爷爷还给我教"黄纸书"里的字。母亲让我给她背诵，我就按照爷爷给我教的"黄纸书"里的句子背诵了一遍，"人之初，性本善……"母亲听后，嘴角露出笑意，摸了一把我的头临出门时说："小林，记住，要好好认字读书。现在能背《三字经》，将来还要读"四书五经"……"我不明白母亲为什么回到姥姥家只住了一晚上就走了。过了两天，我姥姥和姥爷吃饭时又提到了母亲，好像姥爷对母亲的跑外面不是很愿意。一个女人家，工作了一回，连公饭也丢了，做啥生意，钱是好挣得嘛。山西人的钱不好挣，走太原还不如走西口……我从姥爷和姥姥的对话中好像听出了母亲出门的原因。母亲伤好后，在家待不住，跑太原做衣服和布料生意，为的是给姥姥一家挣几个零花钱、过日子钱。

我第一次明白了什么叫生意，什么叫做生意。母亲开始贩卖布料，再也不当售货员和老师了。我不知道太原在哪里，离姥姥家有多少里路。姥姥说，太原在黄河的东岸，在吕梁山的尽头，比神木城还大十几倍。将来我长大了，让我陪着她和母亲一起去看太原的洋楼有多高……

中国还有一个太原城，这是我第一次听姥姥说。姥姥有时也对着我埋怨父亲，一个男人家，连女人都不如。男人没主意受一辈子穷。好好的国家干部不当，跑回青阳岭唾牛屁股。如今倒好，工作丢了，家也散了，两个大人，到处刮野鬼。姥姥在骂父亲时，也在咒母亲。在姥姥的眼里，我比我父母亲都重要，也难怪姥姥不停地捎话让把我送到她的身旁。那一天上午，姥姥带着我到一家邻家串门，我见院子铺的许多通红的角角，感到非常好奇。我用两只小手抓起一把不停地扔下，又抓起，反复当宝贝似的玩。突然，有一只红角在我的右眼扫了一下，我用手去揉，越揉越疼。最后忍不住大哭起来。姥姥见我疼得厉害，很是着急，她舀了一碗凉水，给我冲洗眼睛。过了好长时间，我的眼睛才不疼了。姥姥说："林林，这是红辣椒，可辣哩，再不要乱抓。疼坏了眼睛，就啥也看不见，再也不能认字了。"

石峁峁村生产红枣，也种植红辣椒。大舅吃着红辣椒，对我说这红角角可好吃哩，让我也尝一尝。姥姥看见了，就咒大舅，逗得林林哭起来咋办，当舅舅的还戏弄外甥。其实，我最喜欢跟大舅到枣林里追小鸟和野兔子。正当我在姥姥家住得高兴时，有一天上午，父亲来了，说要接我回石曹峁。姥姥和姥爷也没有阻止，父亲拖着我就走，走到大门口时，姥姥追出来对父亲说："回去好好地给林林教字，这孩子可机灵哩，等到了冬天再把林林带来，吃大红枣。"父亲回答，行，到时候他一定送来林林。

父亲背着我整整走了一天，爬山，跳沟，拐弯……再爬山，跳沟，拐弯，累得浑身不住地冒汗，我也难受得发困。父亲背着我有时候累了，放下我让步走一二里路。因为我走得慢，父亲也只好放慢脚步。到黄昏的时候父亲背着我回到了石曹峁村。我和父亲在石曹峁住了10天，父亲也不参加生产队的劳动，用剪刀裁开一张张的大白纸，用毛笔写上字，贴到窑洞墙壁，给我一个字一个字教。他又把一本厚书里的人画在大纸上贴到墙壁给我教。父亲说，这本厚书叫《三国演义》，画里的第一个带宝剑的人叫刘备，挥大刀的叫关云长，手持长矛的黑胡子叫张飞，拿扇子的叫孔明，也叫诸葛亮……

父亲每晚睡得很晚，抱着《三国演义》看。我睡一觉醒来，见父亲还在看。这是本啥书，父亲怎么看得连觉也不睡。这厚书里一定有啥宝贝。我在猜想，对厚书产生了敬恋。我夺过书看着，什么也看不懂。书里都是字，我只认的"人、口、山、石、大、小、刀……"一类的简单字。

过了半个月，父亲说，他要出一次远门，要把我送回青阳岭爷爷家去。回青阳岭时，我是自己跟在父亲的身后独自走的。10里山路，我不用父亲背，中途休息两次，就独自走向了青阳岭。父亲夸我长高了，腿上有力，再也不用他背着走了。

在我离开青阳岭的这些日子里，爷爷和奶奶特别想念我。他们见我回来，抢着把我搂在怀里抚摸我的头，问我姥姥和姥爷家好不好，吃大红枣没有，见到我妈没有。我一一地给爷爷和奶奶回答着。我说我还在姥姥家看见黄河，黄河里的水好多好多，还飞起浪花，水上面还漂着船，走得好快哩。我还对爷爷说，姥姥家有许多许多枣树，都结上了绿色的大枣……

爷爷和奶奶听着都笑出了声。爷爷纠正道："林林，枣是红色的，到了秋天才成熟，咱青阳岭也有枣树，只是没有你姥姥家那里多。咱青阳岭的枣树叫山地枣树，你姥姥家那儿的枣树叫水地枣树。水地枣长得大，有油性、产量高……小孩子吃了可聪明哩。"我说："红枣红了，我还要到石岜峁姥姥家。"爷爷和奶奶都表示同意。

父亲送我回到青阳岭，其实没有马上出远门，而是在原来住的书权叔的土窑洞一住就是一个月。在这段时间里，我被父亲进行了军事化的教育方式。夏季还没有结束，头顶的太阳依然火热，我被父亲强行脱掉衣服，一丝不挂，站到院子中央，要会背全世界 200 多个国家的名字，不仅如此，父亲要我一天会记 15 个字，还要会写。什么是国家？我的头脑里一片空白，国家是圆的还是方的、是白色的还是红色的，我没有概念。父亲用枣枝扎着我肚子说："小子，知道吗？男子汉要成大器，成大才，从小就要立大志，文要学诸葛孔明会用兵，武要学张飞勇敢杀敌、报效国家。老子 14 岁就参加革命工作，18 岁就给县太爷当秘书，20 岁赴青藏高原冲锋杀敌……懂吗？从今年开始，到明年的冬天，利用一年半的时间认会 3000 个汉字，要把《三国演义》通读下来。不然的话，就不要吃饭，就光屁股在院子里站着。对，还有，一定要把全世界 200 多个国家的名字背下来。这是常识。小子，要想长大识天文，懂地理，知阴阳，会兵法……像诸葛孔明一样，就要从小开始读书。你爷爷不是教导你吗？要熟读'四书五经'，成为孔子、孟子那样的圣人……"

父亲板着一副严肃又凶狠的面孔对我教训。我听得头脑发麻，心里"扑通扑通"地乱跳，下部尿憋得慌，一着急，尿了出来。父亲见了，反笑着骂我，没出息，撒尿的孩子，站得不高，看得不远……

奶奶见父亲这样体罚我，一边咒父亲，一边拖着我回窑洞，找衣服给我穿上。父亲说，他要出门走了，赶下次回来一定要把教过的字记住，说着把厚厚的《三国演义》塞到我怀里。"小子，记住，这就是你的课本。"父亲顺着门对面的黄土坡走了，我长长地出了口气，翻开《三国演义》，寻找那些已经教过的字……

父亲出门走后，每天半前晌羊子出坡，我拽住爷爷的袄襟撒娇，要跟着爷爷去放羊，爷爷不准，说村子背后的红坊底沟很深，路不好走，还有大灰狼，小孩子不敢去。我说我会走路，不怕大灰狼，我说着从爷爷手里抢过放羊权，跑到羊圈旁。奶奶见了，就对爷爷说："林林在家待不住，就让他跟着放羊去，看看山上飞的鸟。"爷爷点头默许了。放羊是中午不回家的，要专门在太阳光下的草坡放羊，让羊子吃照射阳光的百草。爷爷让我戴着草帽，自己头上扎了一块白毛巾，让我跟在他的后面，一步也不准乱跑，小心摔到悬崖下面。

青阳岭村坐东朝西，向北拐一个土弯，绕过去是两座大山夹的一条深沟。这条沟就是红龙底沟，是每天放羊出没的地方。走进红龙底沟还有许多小山沟套着小山沟，每条沟里都有流水，长着水桐树、柳树

羊子到了红玲底沟沿着山坡的小路往上走，一会儿就走到一块长柠条的大沙梁。大沙梁上长着各种草，羊子最爱吃。羊子在吃草，爷爷从怀里掏出一本黄纸书，坐到柠条下给我教字。爷爷说，这本书叫《五言》，是杂书，比父亲给我教的那本《三国演义》好认得多，只要认会字，就明白是啥意思了。我认真地跟着爷爷念《五言》，爷爷教一句，我念一句，小山羊吃着草围着爷爷和我转圈圈，还不住地摇尾巴。爷爷笑说，这是山羊在夸奖我学习态度好。

当太阳偏向了西边的天空，已是半后晌时分。我跟在爷爷的身后赶着羊群下到了红玲底沟。羊子吃草吃得渴了，一个个抢着喝沟里的清水，撑得肚子鼓圆圆的。羊子喝饱水后就挤到石岩下面卧下休息。这时候爷爷拿出套子里带着的一碗黄米饭和一个黑豆（黄豆）窝头给我吃。黄米饭挺好吃，香油油的。我吃了半碗，剩余的让爷爷吃。爷爷说他不饿，只吃了几口，又叫我把剩余的黄米饭吃了。爷爷只是慢慢地品吃黑豆窝头。到了太阳又向西边的天空移了一树高，羊子开始到山坡吃草，一直到太阳完全落山，爷爷带着我才赶着羊群回村。一连几天，我天天跟着爷爷放羊，到红培底沟上山下山，爬坡下坡……

奶奶心疼我，咒爷爷老不逞气，把她的孙子往坏里累，每天叫一个6岁的孩子跟着上山下山，会把孩子脚磨得流血的。奶奶先是让我跟着爷爷放羊，我放羊累了，又埋怨爷爷带着我到山沟里放羊。果然，到了第6天，半夜里我梦着大柠角山羊钻进庄稼地里，我一急，尿在炕上铺着的白毡。我每晚与爷爷合盖一块被子睡，结果把爷爷的背用尿洗了。半夜里，奶奶又咒爷爷，看把孩子累得尿炕了，明天放羊不要带林林去了。

可是，到第二天上午放羊出坡，我早已忘记了累，缠着爷爷要去红埼底沟……

秋天过去后，进入了冬季，父亲带着疲惫的身体回到了青阳岭。父亲一回来，就让我背全世界200多个国家的名字，考问我《三国演义》里教过的字。我给父亲交了一份满意的答卷。原来，我为了记住《三国》里的人名，暗自用给羊子起"绰号"来记住，比如"大拧角"是曹操，"大弯角"是刘备、"大草角"是孙权……100多个人名与上百只羊子挂起钩来。爷爷说我半夜里说梦话，把这个秘密说出来了。不只如此，为了记住全世界200多个国家的名字，我给自己的身体每一个器官都编了号。眼睛是葡萄牙（眼睛像葡萄），耳朵是土耳其，肚皮是印度……脑袋是中国，右手是美国，左手是苏联（如今的俄罗斯）……两个蛋是约旦……

我就这样给父亲回答自己的学习过程和成绩，逗得爷爷和父亲，全家人都笑起来。又过了几天，天气渐渐地冷了，奶奶缝的棉衣给我穿上，我说我要到石岇峁姥姥家，去吃大红枣。父亲轻轻地拍着我的头，"没骨气，还想着石岗面，还想着……"父亲嘴上这么说，可是，第二天就带着我去石岗面村。因为我想念姥姥，想念大舅和三姨，想念姥姥家门前的水渠和枣树上结出的大红枣……

这回去姥姥家，我自己走了三分之一的路程，大约有15华里，剩余的路是父亲背着走。父亲说我跟爷爷放羊爬山跳沟，练出了腿功，好小子，有长进。下一次，到姥姥家自己一个人去。

太阳落到黄河西岸的群山时分，父亲带着我到了石岇峁姥姥家。快进村时，我从父亲背上溜下来，走在前面，小跑步先进了姥姥家的大门。我见到姥姥就想哭，但是没有哭出声。吃过晚饭，父亲到五姥爷住的窑洞去住，我跟着大舅来到院子，大舅攀上放红枣的枣棚，拿洗脸盆端了满满一脸盆红枣下来。我吃着红枣，看着挂满天空的星星。这一夜，我和大舅睡一个被窝，结果半夜里又尿炕了，给大舅尿了一身。姥姥和姥爷心疼地说，我走路累的，他们埋怨父亲不该让我步行。

第二天天刚亮，父亲早饭也没有吃就走了。临走时说好赶老年（春节）来接我回青阳岭。母亲又不在家，还是跑太原等做衣服、布料一类的小本生意。黄河结冰了，母亲还是没有回到石峁峁。我嘴上不说，心里却想见到母亲。我已经懂事了。我知道父母的离婚是怎么一回事情，就是父亲和母亲不能见面，不在一起吃饭，不能在一起带着我来姥姥家……

在姥姥家的日子是愉快的。黄河上结冰后，每天下午大舅和三姨带着我去滑冰，也叫"打跌跌"。到了第三天，我"打跌跌"摔倒了，碰得鼻子流出了血。回到家后，姥姥把大舅和三姨咒了一顿，说是摔了她的宝贝外孙，再也不让大舅和三姨带着我到黄河冰层上面"打跌跌"。否则，不小心还会掉到冰窟里，闹出危险。

我在姥姥家的日子，并没有忘记背《三国》、识字，还有背那对我来说遥远的 200 多个国家的国名。我每天当着姥姥、姥爷、大舅、三姨背几遍，他们夸赞我，长大后不得了，不是带兵的才地（人才），就是握笔杆的料。母亲回来后，知道了我背《三国》和全世界国家的名字，更是高兴，说我不像我父亲那样害"神经病"，性格、脾气都像她，说不一定将来长大后还是好苗子。

过老年的前几天，父亲果然来接我。母亲听说父亲来了，就躲到村里其他人家去，不愿意见到我父亲。我不明白，我的父母之间到底有什么冤仇呢？

我是噙着眼泪离开姥姥的。姥姥把我送到村子黄土路的尽头，直到被枣林挡住了视线。

过了老年，就是 1963 年的春天，我已经 7 岁，个头往高长了一寸。

这一年，我有一半时间吃住在青阳岭，少一半时间在石曹峁村小学读一年级，还有少一半时间在石峁峁姥姥家吃住，跟着大舅、三姨他们钻黄河滩里的枣林，追野兔、捕小鸟……

我的滚烫生活到来了，处在萌芽的发育阶段。

四、李家兴庄的记忆

1964 年，我刚好 8 岁，父亲带着我到李家兴庄教书。李家兴庄坐落在神木南乡窟野河东岸，沙峁公社的东山峁，离公社所在地只有 6 公里。李家兴庄 30 多户人家，全村都姓李。李家兴庄向西二里之遥，翻过一个山峁，还有一个小李家兴庄，也叫下李家兴庄，只有两户人家。据父亲讲，他的曾祖母就是下李家兴庄人。我家现有的乔氏几十口子人都是李姓女子与老曾祖父结合繁衍的后代。28 岁的年轻父亲到李家兴庄当民办教师，是当时公社领导的安排，原因是父亲是转业军队干部，14 岁时参加革命工作，20 岁应征入伍，赴青藏高原剿匪，转业后正赶上国家压缩干部，父亲也被精减回农村。父亲干农活不是内行，加之母亲与他分手，生活过得十分紧张。因而公社领导考虑到他的具体情况，安排他到李家兴庄当民办教师。

李家兴庄小学只有一孔土窑挂石头面子的窑洞。不到 20 个学生挤到窑洞内。学生不多，却分设 5 个班，一至五年级都有。我读二年级。老师只有父亲一个人。父亲在给三、四、五年级讲课时，我也好奇地去听。其实，我在 6 岁到 7 岁的两年，爷爷和父亲给我教会了两千多汉字。我已经能够看懂《三国演义》《西游记》这样的古典名著。村里的年轻人晚上爱到学校串门，与父亲谈天说地。他们爱听父亲讲故事，听父亲讲去西藏剿匪打仗的故事。他们特别爱听《三国演义》，村里上年纪的老者和年轻人几乎每天晚上来让父亲说《三国》。父亲给村里的人讲《三国》故事，一个个听得如醉如痴。尽管我能够看懂《三国》，知道了书中的一些故事情节、人物形象，但还是被父亲绘声绘色的讲说，吸引得挤到大人们怀里去认真听。父亲讲《三国》最多的是"三英战吕布""关云长过五关斩六将""赵子龙大战长坂坡""诸葛亮草船借箭"等章节。

我坐在土窑洞内听父亲讲课、"说书",幼小的心灵一次又一次萌动了许多奇思妙想,长大后一定要像关云长那样,以仁义对待他人;要么向赵子龙学习,做一位常胜将军,打败全世界的坏蛋(敌人);或者当诸葛亮,出谋划策,指挥千军万马……

我梦中经常和刘备、诸葛亮、关云长、张飞、赵子龙……曹操、孙权、周瑜等古人吵吵闹闹,拉拉扯扯。

学校课桌紧张,父亲和村干部借来木板,用石头支起来做课桌。有一次,我和几个同学模仿学张飞战吕布,利用课间作息时间,跳到木板上相互对打。不料,木板失去平衡,把我和另两位同学都摔到地下,差一点儿被木板砸伤。父亲说,我晚上睡觉讲梦话,叫刘备为大哥,叫关云长为二哥,把自己比为张飞。父亲很生气,一个小孩子,学什么张飞。"小子,知道吗?张飞是粗人,是武夫。你为什么不学习诸葛亮的风范呢。记住,小林,当男子汉不能学张飞,武夫是没有出息的。文官提起笔,武夫跑断腿。你要明白这个道理啊!"

我不明白父亲为什么要对我这样讲。我毕竟是一个孩子、小学二年级的学生。同班的几个小伙伴候儿、明利、富科、文考、三利等也是故事谜。下课的时间或是放学后,他们就拽住我吵着让给他们讲"赵子龙大战长坂坡"。我们这些毛孩子受《三国》的影响,星期天就聚在一起,跑到村对面的山头,钻进枣林,分成两帮,捏泥蛋扔的对打起来。冲啊,杀啊……我们的脑袋上、肩膀上都中了对方扔来的泥蛋,一个个像土老鼠,相互看着对方傻笑。这种打泥蛋仗的游戏几乎每周玩两三次。有时候我们玩捉迷藏,一伙藏起来,一伙满村到处找。有一次我藏到一孔放棺材的窑洞,伙伴们每到窑洞口就被吓得跑开来,找了好长时间都找不着我。直到后半夜还是我自己跑出来。我们玩打仗的游戏和捉迷藏的游戏,并不完全是受父亲说《三国》的感染,也受到当时两部电影的影响。在李家兴庄,我看过两部电影印象特别深刻。一部是《狼牙山五壮士》,一部是《夺印》。那时公社没有电影队,只有县城才有。县电影队到南部山区的农村不停地巡回放映电影。放电影的来了,全村男女老少都十分高兴,尤其是我们这些读小学的毛孩子,高兴得几乎发疯。我很好奇,那个机器的两个轮子一转,一道白光射出去,挂着的白布就跑出许多人来,还有山有水有云有鸟……这就是电影?是人变的?是大人们在捉迷藏?是好人在打坏人?……带着一连串的好奇与迷雾,我与伙伴们挤在学校的圪塄上站的人群里,看得眼睛都飞到了银幕上。在农村野地看电影是很有意思的。(我长大20多年后参加了工作,特意写了一篇散文作品《看电影》,还获奖。)电影对我们那一代孩子的教育是深刻的。我们那些毛孩子捏泥蛋当手榴弹打仗,就是受《狼牙山五壮士》的影响。一次,我用铁皮自制的"手枪",嘣出一块石头,差一点儿打着了候儿的眼睛。对此,父亲打了我一巴掌,而候儿的父亲笑着夸我:"这孩子了不得,自己会制造'手枪',将来不是发明家,就是打仗的英雄。"我被父亲打得很委屈,心里不服气。看人家电影里的那五个叔叔,把那么多坏蛋打得爬不上山,跳崖都不投降。打仗的叔叔都是英雄,我长大后一定要当打坏蛋的战斗英雄。

父亲对我的回答和表露出来的孩子的情怀,表示了无奈和不满。他抱起我,用一种深沉的眸子反复看着我:"林林,你想当打仗的英雄?"

"嗯。"我坚决地回答。

"你不怕死?"

"不怕。"我喜滋滋地答。

"你知道什么叫英雄、什么叫死亡、什么叫打仗、什么叫战役、什么叫战争……"父亲一连串的提问使我回答不上来。"小子,打仗是要死人的。人死就是人的生命的结束,像捉迷藏一样,藏起来后别人永远也找不到了。打仗的英雄不好当啊!打仗与战争是残酷无情的啊……"那时我一点儿也不明白父亲讲的这番话的道理。(直至长大后工作了,在京都与不少战争中过来的将军交谈时,才领悟了儿时在李家兴庄听父亲讲的那些话的真正含义。)父亲是军人出身,在青藏高原剿匪经历了大大小小的战斗100多次,子弹打穿他的鞋底,打死他骑的战马……由于父亲的参军,父亲扔下怀上我3个月的母亲。父亲说,是当兵剿匪打仗导致他和母亲离婚,是战争摧毁了他的爱情,他的家庭,他的幸福,这是父亲一直对我反复念叨的口头禅。(也许是受父亲这句话的影响,我长大后终究没有参军去当打仗的英雄。）

在李家兴庄跟父亲念书的日子里，星期天有时和伙伴们去山头挖野菜。大山里的庄稼地里，长的有苦菜、甜嘴菜、沙韭菜、腿腿菜、小灰菜……这些野菜挖回来用水洗净后，可生吃，也能煮熟吃。村里的人说，野菜有营养，奶汁多，男孩吃了脑壳聪明，小鸡鸡硬，尿得高，长大不是成王侯，就是做孔子、孟子，当"文曲星"。我特别爱吃野菜，虽然野菜刚入口有些苦涩，可是吃过后有余香，味浓，又耐饿，还解渴，脸皮白，手腕子有力，读起书来长精神，不瞌睡，不尿炕（床）。我原来就有夜里尿炕的毛病，不知是啥原因。父亲说这是白天调皮捣蛋、不好好读书造成的缘故。可能也是。我是一个闲不住的孩子，放学后就和候儿、明利、富科他们跑去对面坡攀柳树、榆树、水桐树、杏树、枣树……惊得树上的喜鹊不能回窝，绕着我们叽喳叽喳叫不停。有一次我摘的吃青枣，从一丈多高的枣树上掉下来，正好砸着地下卧着的一只花狗，那条长毛花狗疼得"汪汪汪"叫着跑了，我却翻身站起来乐得笑。候儿爹说："林林这孩子与狗有缘，是狗救了他躲过一难，将来一定与属狗的有缘。"这件事后来被老家青阳岭的爷爷知道了，他指责父亲为师不力，为父不教，要把他的宝贝孙子带坏教坏。爷爷最早教我《三字经》《五言》《六言》《七言》。爷爷给我算过多次命，说我是"文曲星命"，是"文曲星"下凡，再不能只看《三国》《水浒》《西游记》什么打打杀杀的书。爷爷对父亲到处讲《三国》不赞成，尤其是给我这个孙子灌输打仗战争一类的知识很反感。其实父亲与爷爷一样，也是希望我长大后远离战场，不要当什么战斗英雄。可是，我不听，在李家兴庄看了《狼牙山五壮士》后还不过瘾，又追着电影队到附近的村子乔老庄，土洼看了两次。为此，父亲还耽误了两个上午的教学。

李家兴庄在两个山坡夹着的黄土洼里。学校就在半山洼。从山沟底起，一层一层的石岩直叠到山坡，才形成了黄土堆积成的洼。洼的两面长满了各种各样的树。放学后，我们一群毛孩子除了捏泥蛋打仗、捉迷藏，就是追赶树枝上的喜鹊、麻雀等小鸟。山村的傍晚挺美，当太阳坠到窟野河西边的山峦，炊烟就从远处一个个树林围合的村庄慢慢地飘起来，一团团、一缕缕像白云一样遮住了西沉的夕阳。李家兴庄村生产大队的男女社员，拿着劳动工具三三两两跟着进村，各回各家去了。那是一个农民统一出工、统一劳动、统一挣工分、统一分粮食、统一过着艰苦清贫生活的时代。早晨孩子们上学的时候，也是社员出工之际。我们这些毛孩子在学校院子内排着队唱早歌《社会主义好》，村里统一出工的男女社员也扛着劳动工具唱热爱社会主义好的赞歌。整个山村，全覆盖在歌声的早晨里。其中有的青年男女唱民歌。父亲说那是唱陕北《信天游》，是一种极高的艺术品，小孩子听不懂，学唱了会成熟得太早，分心学不好课文。

> 站到东山望西山，想你想得闭不上眼。
> 阴坡坡对着阳坡坡，你有心事就上炕……

类似的句子，我们这些毛孩子确实不明白其中的意思。不过，村里的青年男女唱起来传出的声音挺甜美，听了叫我们一个个毛孩子乐得傻乎乎地笑。一些大青年每唱这些歌时，就追着我们这些七八岁的男孩子，要脱裤子摸"小牛"，看谁长大后讨媳妇喜欢。我们一个个被要脱我们裤子的大青年吓得跑进树林里，或像猴子一样攀上树枝，不敢下来，直到大青年走了才溜下树，也学着唱一句"想你想得闭不上眼"，各跑回各自的家。

为此，队干部同父亲专门谈过话，建议我们这些小学生再不要学习大后生的坏毛病，唱啥哥呀妹呀的，更不能舞刀弄棒，捏泥蛋，扔石头，小心弄出人命来。父亲的教学受到了批评，主要是因为我和另几个同学放学后学"打仗"的事情，还有学唱《信天游》里男女爱呀恨呀的。有一次，我跟着父亲到公社学区开会，一位认识父亲的教师，一见我的面就把我抱起来，直抓住裤裆，哈哈地大笑："还会唱《信天游》，学习赵子龙，想当战斗英雄，来来来，叔叔看你是不是这块料……"我挣命地逃脱那位叔叔的手，好像明白了唱《信天游》与女人和男人有关系，是一件害羞不好的事情。然而，跟着父亲回到李家兴庄时，站到学校内的院子，总是能听到山洼里传来的歌声。那歌声有一半是与《信天游》有关系的。

"《信天游》有什么好呢？为啥村里的大青年们都爱唱？"我在问自己，也在问树枝头的小鸟，问天空飘逸过的白云。

冬天到了，天气冷得伸不出双手。学校没有炭烧，父亲带着我们这些小学生去山坡捡树枝。由于这一年少雨天旱，榆树、柳树、水桐树枝枯死许多，我们捡到一捆一捆的干柴，解决了学校过冬的烧火问题。可是，天旱也造成这年粮食大减产。听父亲和村干部说，天旱范围很大，全公社、全县、全地区、全省，包括整个中国北方的十几个省都遭了旱灾，人民群众的吃饭也面临着困难。果然，在一片叫嚷遭旱灾的声中，村里各家各户到外处背回来救济粮。生产队还给了父亲一包救灾的玉米。父亲说这救灾玉米是从很远很远的东北三省运来的，是共产党、毛主席从北京派火车、汽车运来的。玉米用石磨磨成面，捏窝头吃，搅面团吃，涮稀糊汤吃……味道各不一样。整个冬天，父亲和我每天至少吃一顿玉米加工成面做的饭。候儿、富科、明利他们来学校读书时，都在书包里装着玉米面捏的"铜锤"窝头。吃着玉米面窝头，村干部和父亲一再叮嘱我们这些学生娃娃，吃水不忘挖井人，要牢记共产党、毛主席的恩情。我对共产党的忠诚，对毛主席的敬仰，就是从吃玉米窝头开始的。那一年冬天和第二年春季，我们这些学生娃娃在全村一片抗旱劳动的热潮中，把沟底的冰块用筐子抬着往山顶的地里埋。劳动挺有意思，跟着大人们挖坑埋冰，大家相互抢着干。年轻后生们修着梯田还唱着"天大旱、人大干"的歌曲，婆姨们也在吟"立下愚公移山志、敢教日月换新天"的打油诗。那是一个让小学生心灵不停地经受红色教育的岁月。课文中几乎天天要读黄继光、邱少云、董存瑞……刘胡兰的故事。

父亲在李家兴庄教了一年半书，到了1965年的下半期调到了另一个叫黄家塬的村子教书。我跟着父亲离开了李家兴庄，可是李家兴庄的山山峁峁、坡坡洼洼以及那一棵棵的枣树、杏树、柳树……一直伴随着我走过了半个多世纪始终难以忘记。人是一种到一定年龄段好爱回忆的动物，尤其是对童年时代经历的和参与的那种触动心灵的事情会永远铭记心中。李家兴庄曾发生的那些细微的琐事，对我后来的发展是很有启迪和推动的。我不会忘记那段岁月，那很珍贵。

五、忘不了的黄家塄

　　1965 年下半学期，我已经 9 岁，父亲调到沙峁公社前山方向的黄家塄村任教。我晋升到三年级读书。黄家塄村在一个面向西面的黄土山梁上，村背后跳过一个洼是九坝村，村子怀前的下面的悬崖是一条深沟，深沟里有一个村子叫石沟。三个村子成"一"字形并立着，只是高低错落各不相同。黄家塄有 20 多户人家，全村都姓黄。学生有十几个孩子。三年级连我在内共有 5 个学生。学校在村子的最高山头，一个院子，三孔窑洞，一孔是学校，一孔是生产队的库房，一孔是放杂物的地方。

　　沙峁公社当时划分 5 个站（也叫片），黄家塄归前山站，与周围的村子九坝、石沟、呼家庄、前王家坝、王家庄、闫家堡、庙门、下杨家坪等村为一个站。各学校之间交流多，几乎每周都召开"片会"，老师

当年黄家塄村小学的废墟遗址

们相互交流教学经验。每次召开"片会"，父亲都带着我，因为父亲把我一个人留在学校不放心，再说我也不会烧火做饭，晚上一个人不敢睡觉。父亲他们开会时，我就与村里的孩子们一起捉迷藏玩，要么是我给他们讲故事，讲的还是我的老故事《三国》。那些与我同龄的孩子听不懂，问我孔明是谁，周瑜又是谁……我说是两个很多年前的大能人，可有本事哩，能算出天上的星星几时掉到地下，还能知道几百年后天下发生什么事情。那些孩子还是摇头，说不好听，不如打仗故事热闹。他们最爱听打日本鬼子的故事，还有刘胡兰、黄继光的故事……

父亲每周参加"片会"，不到两个月，差不多走遍了整个前站（片）的村庄，我也认识了大多数老师，还交了一批同龄的小朋友。那些小朋友夸我是"故事王"，老师们却表扬父亲教出了一个"神童"，小小年纪就看懂《三国演义》，读了《论语》《大学》《中庸》……一位大个子姓王的老师抱起我，扭住我的耳朵逗我："了不得，将来定成大器。从小数清孔子胡子是多少根的小孩，长大一定是治国安邦的材料。"

有的老师也拿我取乐开心：难怪父母亲离婚，是我的出生克父母。我的父母不分开，两个就都有生命危险。那老师看着我的左手心肯定地说："不错，这小子'命'硬，克父母，还克其他亲人……"

我似乎从中明白了一些道理，人的发展由先天的命运决定。我父母分手不能一起生活，是因为他们生下了我这样的"神童"的原因。我天生就是克父母分开的"火命"。我属猴，父母都属鼠。猴子是不容两只老鼠在一起的。有的老师就这样给我"算命"。我相信，也不太相信。父亲见一些老师笑逗我，怕我受到影响，就冲着那些老师骂："别胡扯，我儿子是壁上火命，谁也不克，只是见森林就燃烧，将来一定是一个敢闯敢干的大将军……"

父亲们的教师"片会"或是"站会"，自有他们的收获，我从中也学到了一些社会知识。比如人给人"算命"，"命"是什么，人人都有"命"吗？人人的"命"又都一样吗？也都克父母吗？我在问自己，也在问给我"算命"的老师。老师们说，人人都有"命"，人人的"命"都不一样，有的是火命，有的是水命，有的金命，有的是木命……但是，大多数人是土命。我能成为火命，其实是好命，富贵命，通天命，成神命……我被老师们给我算命算得笑出声。看来，我的命并不全是坏的，克父母分离，也有好的命。从此，我懂得了一些什么是"人命"、什么是算命的道理。

这一年，中国发生了不少事情，好像都与父亲的教书有关。父亲经常参加生产队的一些活动。黄家塆生产队没有办公室，每天社员们劳动回来都要到学校记工分。学校是生产队办公的地方，几乎每天晚上吃晚饭之间社员们都来学校统一记工分。有时队干部开会都在学校，一开会就是大半夜。好像生产队研究的事情很多，都与父亲的教书有这样那样的关系。每次开完会，队干部嚷着要听"古书"（故事），父亲毫不客气，讲得当然是他的拿手戏——《三国》。不过，父亲有时也讲《西游记》和《水浒传》，讲得最多的还是《三国》里的"关云长过五关斩六将"和"赵子龙大战长坂坡"……这些"古书"，我也会讲，只是讲得没有父亲那么流畅，有声有色。说"古书"时，队干部和一些社员就杀羊"打平伙"（合伙杀羊分着吃肉）。肉煮到锅里，大家都挤到炕头，听父亲兴高采烈地讲《三国》道《西游》。父亲讲到中途要上茅厕，有的社员说不行，耽误他们听书，就让我接住父亲讲的地方往下继续讲。我也不推辞，接住刚才父亲讲到的地方往下讲。父亲上茅厕回来又要讲，有的社员说，还是让小林来讲，这孩子口才也不错，讲得挺好。老子英雄儿好汉。父亲和我都受到了表扬。煮上羊肉"打平伙"听说书，是黄家塆社员们最有趣的业余生活。几乎每周杀羊"打平伙"，吃羊肉。我放过羊，也爱吃羊肉。"打平伙"吃完羊肉，大家又做的吃羊肉米汤。这种夜生活在这年的秋天和冬天度过了好多天。因而父亲与我都会说"古书"的消息在全村和九坝、石沟等附近村子也传开来。

有一回，羊肉已煮上，石沟村来了几个人要听故事，其中有一个年纪大的男子，进门就要嚷着吃羊肉。肉还没煮熟，这人就揭锅盖，用筷子夹吃了一块。

父亲讲《三国》被暂时打断了，有的社员们称那人老黄，有的叫他"老四川"，有的喊他"老红军""老八路""老革命""老资格"。父亲看见他的到来，也不讲《三国》了，赶紧跳下炕请他上炕，请他讲"长征"

的故事。"老革命"也不客气，吃了一口半生不熟的羊肉，然后跳上炕，盘腿坐下，挽起袖子来，滔滔不绝地讲开了。

"老红军"名叫黄德昌，大概有50多岁，高个子。整个晚上，大家都在听他讲自己的故事。羊肉煮熟后，他首先舀了一碗吃起来，吃了几口，又讲起他的"长征"和西路军女红军的不幸遭遇。

我对长征的概念就是听"老红军"受启发的。这次"打平伙"听"老革命"讲故事后，我缠住父亲也让讲红军的故事。父亲说红军长征时他还没出生，他不会讲，他就会说《三国》，还有他亲自经历过的青藏高原剿匪。不知为什么，我对黄德昌特别有好感，总是想再听他讲长征的故事。果然，没过了一周，"老红军"又来黄家塬"打平伙"。与上次一样，他还是继续讲他的长征，他的经历，他的故事……听得大家大笑不止。

有人在笑声中说"老红军"有"伙计"（女朋友），是周围一个村子的年轻寡妇。"老红军"听了乐得也笑起来，争辩说，没有的事情，要是有的话，我才不怕人瞎说哩。

有几次，下午放学后，父亲改完作业，带着我到石沟找黄德昌，我又听他讲他的长征和他的女人。村里人说，"老红军"一身正气，热爱集体就像热爱自己的家一样，白天劳动，抽空拾粪无偿交给生产队。他经常给社员讲他的长征和"忆苦思甜"，天天在夸共产党好，毛主席好，人民公社好，社会主义好。

也就是这年的冬季，在听"老红军"讲他的长征的那些日子，青阳岭村大叔父、三叔父他们托人给父亲捎来话，说奶奶患病去世了，赶快回家处理后事。父亲听说后，带着我连夜走了40里山路回到青阳岭。我不知道自己哪里来的那么大精神，不用父亲背，一晚上走了40里山路。安葬奶奶的丧事一切按照农村的旧风俗，请了石曹峁村的阴阳乔天明"坐了字"，下了"镇物"。大叔父、父亲、三叔父、四叔父还有大妈、已结过婚的三妈、大姑、小姑他们戴着白布孝哭成一片，唯有我没有哭。我对人死的概念认识得太简单，仿佛人死就是出一次远门，过一阶段还会回来。奶奶很亲疼我，我跟着父亲在李家兴庄、黄家塬村念书，有时候也很想念奶奶。如今奶奶死了，我反哭不出声，我只是学着大叔父、父亲他们的样子，跪在装着奶奶的棺材旁烧纸、磕头。奶奶的遗体在窑洞里放了两天，就被众人抬到离青阳岭三里远的老坟——主博梁埋葬了。

办完奶奶的后事，父亲与我在青阳岭只住了两天就返回了黄家塆。

黄家塆村的大人不管是男的还是女的，都很热情，特别是对我和父亲的生活十分关心。按照政策规定，民办教师的口粮由生产队供给，每月30斤，其中粗粮20斤，细粮10斤。这部分口粮只够父亲一个人吃，多了我一张嘴，肯定不够吃的，因而生产队每月又给20斤细粮，作为给我的口粮。细粮是小米、黄米、白面，粗粮是玉米、高粱、黑豆。父亲把这些杂粮（粗粮）用石磨加工成面蒸的吃窝头。除此，生产队每月还给6两黄油（胡麻黄芥油），30斤山药，秋天和冬季每月又给30斤白菜。小雪杀羊、大雪杀猪季节，家家户户请父亲和我吃饭。放寒假了，父亲说这个寒假和老年就在黄家塆过，不回石曹峁和青阳岭去了。整个寒假，父亲在黄家塆没有住了10天，三天两头跑回沙峁公社学区开会。父亲开会走时，说我长高了，应该学会自己烧火做饭吃，不要老是跟着他。我答应了，在父亲到沙峁公社学区开会走了的日子，我就试学着烧火做饭。晚上不敢一个人睡觉，我就叫来村里的同学做伴。我不清楚父亲到底回沙峁公社学区开什么会。

有一次，父亲半夜里回来，像是喝了酒，醉得摇摇晃晃，嘴里不停地骂："老子革命时，你们还在那里绕旋风，还在爹娘腿肚子抽筋。狗日的，革命革到老子头上了。老子有什么错，做什么检讨，不就是看了几本古书，给人家讲故事嘛。狗日的，这也是'封、资、修'，也是革命的对象……"

父亲在骂，撒酒疯。我不懂父亲骂的内容，但是，有一点儿清楚，父亲可能是因为说《三国》招来了批评。

不过，过老年那几日，父亲再没有到沙峁公社学区开会，天天带着我挨门逐户接受村里人家的请吃。父亲说，黄家塆村就是他的又一个故乡，村里的人与李家兴庄的人一样，热情，好客，诚实，没把他这个民办教师当外人。黄家塆的人过老年与青阳岭一样，家家户户炸油糕、做豆腐、生豆芽，年三十晚半夜里煮的吃猪羊肉炖豆腐、粉条。有的人家还喝白酒、喝黄酒、喝砖头红茶……我对过年不是很关注，只是爱与一起的同学放炮，提着一串串的鞭炮挂到榆树权上，用煨香火点着看飞溅的火花。年三十晚的山村的夜空被花炮飞出的火花点亮。天空的星火与花炮的火星连在一起，给山村的夜晚增添了神秘的色彩。第二天是正月初一，父亲给我包的吃了羊肉饺子，我就被几个同学们前后拥着去给村里上年纪的人"拜年"。所谓"拜年"，就是给长辈下跪磕头，长辈给晚辈"压岁钱"，也叫拜年钱。多则一元，少则 2 角、5 角。我一共得到 5 元拜年钱。父亲拿着钱说，这是人情，是我们欠黄家塌村人的人情债。我不懂什么是人情债，只知钱是好东西，能买的吃饼子，还能买书、买鞋、买衣服……

过了正月十五的第六天，学校开学了，可上了一周课，父亲又要回沙峁公社学区开会。我要跟着去，父亲不让，要我在家学会过独立生活。我答应了，其实，父亲这次到沙峁公社学区开会走了一星期，我连一顿饭也没有做，全是在村里的同学家吃的。

听父亲说，他回沙峁公社学区开会，做过检讨，也受到批判，原因是他给农民说《三国》，宣传封建主义……还有，他给教师和村里的人看手相、算命，也是一种严重的错误……我听了后，说不出的害怕，爷爷看"古书"，我看《三国》也会受到批判吗？我不明白，只是心里感到紧张。过了两周，到了农历二月中旬，榆树吐绿芽了，父亲也不再去沙峁公社学区开会，在村里也没有组织批判会。父亲说："谁革我的命，我就革谁的命。"他是共产党员，军队转业干部，给县太爷当过秘书，还怕几个公社的黄毛小子……父亲一定是受了气，当着生产队的干部在摆自己的功劳。

一个绿色的陕北的春天到了。在桃树、杏树开花后不长时间，榆树结出了榆钱。黄家塌村的山头上到处长着榆树。学校门口就有一株水桶一样粗的榆树，高有两丈多，长得像一把大扫帚。挂满榆钱的榆树枝爱得我和同学们流口水。榆钱很好吃，在青阳岭的时候，四叔父就攀上榆树给我摘的吃过榆钱。下课休息的时间，我像猴子一样攀上榆树，一连折了几枝榆钱扔下来，同学们抢着吃榆钱。突然，"咔嚓"一声，我踩断了一枝没有长叶子的干榆树枝，连人带干榆树枝掉下来。我的右腿肚被榆树枝扎出一个大血口，流血不止。我又怕又疼，着急得大哭。父亲听见，从学校教室内跑了出来，他一看我从榆树上摔下来，吓得大叫，他让我站起走几步，看是否跌折骨头。我走了几步，疼得坐到地下。父亲扯下的袄襟，扎住我流血的伤口。他又叫来一个村里的赤脚医生，给我用酒精冲洗了伤口，抹了一些白粉末，拿白纱布包住。赤脚医生叮嘱我，一周不要下炕，防止走路撕裂伤口，还要注意不要让伤口沾上水，以免化脓。

我右腿的伤口大约过了一个月才愈合。我又能到院子内跟着同学们上操、跑步。正当我努力学习，后半年准备上四年级读书时，父亲接到沙峁公社学区的通知，不让他再教书，离开黄家塌，哪里来到哪里去。父亲接到不让他教书的通知后，气得大骂不止。

我弄不懂不让父亲教书的理由，只是听父亲大骂发脾气。三天后，父亲给生产队移交了手续，等新的老师调来后，领了最后一个月的工资，带着我告别了黄家塌，回到了石曹峁村。这是发生在 1966 年 5 月的事情。我已经 10 岁了，个头又往高长了一寸。

六、从青阳岭到石曹峁

青阳岭村是我一生中最难忘的一个地方,它是陕北极小的一个山村,在本县地图上也找不到它的位置。可青阳岭村的一山一沟、一草一木、一石一鸟都在我脑海的记忆里留下永不消逝的影子。我的少儿时代大都是在青阳岭度过的。从 6 岁到 15 岁,整整十年,除了有三年时间跟着父亲在李家兴庄、黄家塌念书,到石峁峁姥姥家外,其余时间就是来回奔跑于青阳岭与石曹峁的山区土路上度过的。我是在青阳岭的山沟里滚过来的。

我从县城回到青阳岭时,刚刚有了一丝儿的朦胧记忆,好像睡了一个好长好长的觉,第一次突然醒来。站到黄土院子内,抬头望见一片天,是那种变形了的天。不圆不方,歪歪扭扭像个多边形。山很高,高得与

作者的爷爷一家青阳岭村住过的土窑洞遗址

变形的天连接在一起。天的颜色深蓝蓝的似一块大石板，盖在四周的山顶。山坡陡直，破破烂烂，梁峁交错，龇牙咧嘴，怪吓人的。山坡也不是三座五座，扳着指头数也数不清。一座挨一座，一座比一座奇怪。爷爷说这里有一千座山、一万道沟。我来到了一个群山重叠环绕的世界。这是我有记忆的开始。我的童年从这里放射出光泽。因为我有了认识客观世界的最简单的辨别能力。大山开始了对我的养育。我开始了对大山的认识。从黄家塽回到石曹峊，我没住几天，父亲就让我一个人跑回了青阳岭，而父亲却忙开他的事情，到处闲逛。

我在青阳岭先学会了登山。登山，当地人叫爬山。登与爬，叫法不一，其实是一回事。爬山是天天必须进行的一种生活程序。不爬山就不能过日子。不会爬山的孩子将来肯定是个大笨蛋，要么就是有软骨病的瘫子。我的爬山，是爷爷和姑姑他们一起把我连拖带抱推上山顶的。我感觉到了出气的困难和双腿发抖。山下望山上不怕，充满神秘；山上瞧山下恐惧，荡起幻觉。山下山上看世界，在幼童的心扉就产生了差异。我对登上山的感受就以为是进入了头顶的那块变形的"石板天"。我的小腿跳了跳，双手向上抓了抓，高兴地喊叫着"我上天上啦"，逗得爷爷和姑姑他们捂腰狂笑。对于爷爷和姑姑们的奇怪的笑声，我有所明白，心里很受委屈。

"我就是上天了嘛，我就是上天了嘛……"

"对，林林，是上天了。"对于父亲的第二次"革命"被赶回家，爷爷也没说什么，他仍与以前一样，抱起我用长胡子的嘴唇亲着我的脸蛋说，"天与地一共十八层，你看，那有太阳的地方，是第二层天。将来你长大哇，上到十八层天上，那儿有孙悟空——孙猴子，还有玉皇大帝、王母娘娘……"爷爷用启蒙童话给予了我幻想的金葫芦。爷爷拖着我在大梁山顶上转了整整一个下午。他还说青阳岭村的每座山里都有宝贝。很久很久以前南边来了许多能人想盗走山里的宝贝最后都是空手走了。爷爷说山里的宝贝是不能盗走的，一旦盗走了，山顶就会裂开缝跑出妖怪吃人。山顶裂开了，头顶的一层一层天就会挨着一齐塌下来，地球上的所有人就被埋住再也站不起来了。我问爷爷，这大山里有啥好宝贝，我要拿出来玩，当个保护宝贝的好孩子。爷爷说山里的宝贝是不能让人看见的，爱护宝贝的孩子，就要识字，读书……还要学孔夫子、孟夫子。

关于青阳岭村头顶的大山还有许多许多美丽而悲壮的传奇……

对于父母亲的分手，我一直搞不明白。只知道父亲十几岁就参加革命吃"公饭"了。父亲小时候聪明可爱，山里人夸他是神童。他参加工作时不识几个字，仅仅跟着区长当通讯员就能读通《三国演义》。

我猜想和推断，爸爸和妈妈的爱情一定充满不少神秘的色彩。父母结婚那年，父亲在县政府给县长当秘书，母亲当县百货公司的售货员。他们都是吃公饭的人。母亲怀上我3个月后，父亲告别了母亲，在共和国的历史上首次应征入伍当义务兵。父亲那时候的思想和态度非常革命化，是一颗红心献给党。媳妇算个什么，孩子又算个什么。西藏反动武装分子叛乱，人民遭受灾难，父亲坚决响应政府的号召，带职应征入伍，也算是投笔从戎。在欢送新兵时，妈妈以军属的身份在全县大会上讲了话，表了态。妈妈是噙着泪水走上讲台和擦着泪水走下讲台的。胸戴大红花，泪花流满胸。父亲赴青藏高原了，扔下了母亲和怀着的我。几个月后，我出世了。母亲的生活中多了一份乐趣，有了一种精神支柱和生活信念。母爱的全部意义就是对下一代的养育和所尽的义务。父亲在青藏高原天天行军、练武、打仗，母亲在柜台面对顾客微笑、售货……我寄养在县城奶妈家过着甜蜜的生活。我的家庭是一个具有革命色彩的家庭。我的父母是那个年代表现最积极的热血青年，他们牺牲了许多幸福和欢乐，对时代的进步和发展做了有益的贡献。然而，他们失去的也太多太沉重了。他们失去的是最值钱的爱情和青春。10岁的我虽然认识得没有这么深刻，却也慢慢地知道了父母的爱情经历和后来的分离。

作为父母唯一的儿子，我没有任何理由来指责父母对于爱情的态度，也无法说清谁是谁非。父母的爱情公式是不能让儿女们去换算的。我是面对青阳岭村的大山逐渐知道父母的爱情简史的。我的父母在我有记忆的那一天起就离婚了。原因没有必要让我知道。三叔父和姑姑们逗我是"树杈"上结出来的。我听了不相信。因为我有母亲，我想念着她。不过，我对山沟里的枣树、柳树、水桐树、榆树、玲针树、杏树……对所有的树木都充满了好奇和爱恋。我原是树的儿子吗？其实，我知道，我不是"树权"上长出来的。我有母亲，更有父亲，只因父母吵架了，父亲把母亲狠狠地打了一顿，母亲一气之下就跟父亲不一块儿过日子了。有一次，我回到石曹峁见一个老光棍与父亲不知为何吵起架来，他大骂父亲是"地痞""村盖子"，是流氓，是"神经病"……我这才明白，父亲的名声很糟糕，是属于那种坏蛋之类的东西。我回到青阳岭向三叔父和四叔父说了别人骂父亲的情况，三叔父和四叔父对我说："林林，别听人瞎说，你父亲不是神经病，是打仗被炮弹爆炸震的。"自从父亲从黄家塬教书回来后，性格发生了变化，动不动就发脾气，见谁骂谁。凡是见父亲的人，都说父亲疯了，是因为与母亲离婚和丢了工作受刺激而患上了神经病。果然，我每次见父亲回到青阳岭总是骂骂咧咧的……

　　我住到爷爷家，明白了不少小山村和小山村以外的事情。我养成一种习性，必须和爷爷一起睡觉，腿压着爷爷的腰，手指掐着爷爷的乳头。爷爷也不阻止，不生气。冬天里，爷爷老是把我搂得很紧，生怕我脚蹬开被子冻着。

　　爷爷继续给我讲"孔融四岁能让梨"的故事。父亲有时回来住几天，还在考问我世界上许多国家的名字。我也该懂事了，懂得一个 10 岁的男孩子睡觉时大腿压在爷爷的身体上是一种不好的坏习气，可这些知识对于我还没有达到产生这种效果的威力。我觉得把腿压在爷爷的身体上睡觉是我的权利。我不能离开爷爷睡觉，因为我怕大灰狼，尤其是黄昏后放羊回来，黑黑的深山沟头顶那块变形的天空上缀着的星星一闪一闪，给寂静的小山沟增加了一种空荡失魂的恐惧感。那猫头鹰的尖厉叫声每每传到土窑洞，我吓得连大气都不敢出。我感到只有钻到爷爷的被窝里睡觉才踏实，什么也不怕。

　　我的爷爷不光利用羊出坡前的时间给我教"人之初，性本善"，还拿着一本脱了皮子的"黄纸书"教给我"六十花甲"，讲十二属相的推算。他说我是属毛猴子的。生于十月，有出息，要我好好读书，再不能晚上睡觉哭鼻子，更不能往炕上撒尿。我也搞不明白，明明我是跑到院子外的土墙茅厕里撒尿，而尿一撒完后，眼睛一眨，突然感到大腿湿湿的，炕上的毛毡湿了一大片。有时，还把爷爷的肚皮给浇湿了。为晒尿毡尿被的事，还没有成家的四叔父和小姑姑时常吓唬我，说再要懒得去便盆撒尿，要拿杀猪刀割我的"小牛牛"。他们说凡是晚上睡觉往被褥撒尿的孩子长大后娶不到媳妇，肯定睡一辈子牛屁股，是扶犁把的坯子。我听了除了恨自己好睡懒觉贪吃外，就是抽泣哭鼻子。我实在不明白自己为啥有尿炕的坏毛病。唯有爷爷最亲我疼我。他知道我尿炕的原因。他让我跟他上山放羊时，不准胡瞎跑，不准追野鸡、追野兔、追松鼠；不准攀树掏喜鹊窝、啄木鸟窝；不准拿小镰头掏土壕、筑土堆……还不准我和叔伯弟弟考考、虎堂、文考他们在晌午的太阳光下光屁股溜土坡……爷爷制定了许多不准，都是针对他的众多孙子的。其实，我和考考、虎堂、文考他们很难办到。孩子的生性是好动，好强，规定那么多山规戒律岂能成？爷爷的心操得太多了。为防止我尿炕，寻找着问题的根源。我怎么也不明白这个道理。尿炕与上山追兔子有啥关系。幼童，多傻的顽性。幼童是永远也无法猜透老人世界的心里谜语。

我的头顶从神木城回来时有一块小疮疤，当时谁也不在意。我跟父亲在李家兴庄、黄家塌念书时也没有把头顶的那块疮疤当回事情，可是，自从父亲不教书后，由一个疮疤长到好几个，有时疼得我直挠头皮。爷爷和父亲说，这是秃疮，一下子治不好，到了十六七岁秃疮自然就愈合了。随着时间的延长，疮疤越来越严重。天阴天晴，天热天凉，疮疤跟着季节变化和气候好坏在变化。夏热里流脓流血，又痒又麻，又咬又疼。手不挠不严重，手指去抠，反疼痛难忍。我对父亲给我讲的孙悟空一孙猴子的故事真正地体会到了，他头上戴着唐僧给他的紧箍咒。属猴子的人都是孙猴子的后代，都是孙猴子变来的，头上都戴着紧箍咒。烂疮疤是我脑袋上戴着的紧箍咒。谁叫我是属猴子的呢。我的脑瓜子时时刻刻受到一种压力的折磨。我对着姑姑的小圆镜照看自己，稀疏的黄毛头发淹没在脓血的烂疮疤里，又难看又难闻，比茅厕的屎尿还臭。我的眉脸黑黄黑黄，下额尖瘦。我气得大哭起来，捂住脑袋躺在土院子内打滚。为此，爷爷和父亲吵了一次嘴，互相埋怨，让林林害这种难治的疮，父亲大发脾气，指责爷爷不亲疼我，一怒之下，把我带上回石曹峁。父亲真会治我的秃疮，他把凉水烧热，掺入食盐，给我洗秃疮。这样一连反复洗几次，秃疮得到了有效的控制，疼痛也减少了不少。可三天不用热水洗，秃疮就又严重起来。

秃疮对我折磨的时间长了，我也就习惯了，无非是疼痛和气味难闻。令我难受的是叔伯弟弟们和石曹峃村有些孩子对我另眼相待，他们见了我就马上躲开来，甚至还捂着鼻子，朝我唾唾沫。有个叫"大角"的"孩子王"咒我是臭孩子。我又回到青阳岭村，叔父们把我和叔伯弟弟他们严格控制起来不准我们在一起睡觉，我枕过的枕头、被子，也不能叫叔伯弟弟们使用。我终于明白了，我害的是一种传染性的疮疤，谁若是使用我戴过的帽子，肯定要害秃疮，也是个头顶上流脓血的臭孩子。我纯洁的心灵净土世界开始滋生怨恨。自卑的烟云也一片一片闪现在我的眼前。

为了治好我头上的秃疮疤，在外面闯荡的父亲回到青阳岭时不知从哪儿学到一个土办法，他把大山里生长的一种叫"狗毒精"的草采回来捣成稠米饭一样的糊糊，用塑料裹着强行压住包在我的脑袋上，这简直是一种天底下最残酷的暴行，好比一万根针一齐扎我的头皮，我疼痛得死去活来，只要能挣命脱身，高崖深涧都敢往下跳。每次采取这种办法治一次秃疮，我几乎要被疼痛和恐吓整得昏死一次。但这样摧残一次，身体虽然经受了残酷的折磨，可是秃疮却得到了明显的扼制，那种指甲一抠厚厚的一块白烂木头渣一样的东西减少了。为了不疼痛，先要接受疼痛。大概也同"不受苦中苦，难为人上人"之意有些相近。秃疮是得到了有效的治疗，而脑袋上的头发随之也脱落了不少。

父亲回来给我采取"狗毒精"治疗的办法，爷爷坚决反对。有一次，我疼痛得疯了般地乱叫，爷爷也追着我哭了。他撕掉了裹在我头上的"狗毒精"，大骂父亲是中了邪入了魔，是往死整他的孙子。爷爷骂父亲白吃了十几年公饭。公饭碗丢了，媳妇离了，自己活得人不人。父亲也就跟爷爷顶嘴发脾气。父亲夸自己是共产党员、县太爷的秘书、战斗英雄……现在回乡是响应政府的号召，建设社会主义新农村……还说为了实现共产主义，不怕老婆离婚，不怕打光棍，不怕饿肚子……

我逐渐发现，围绕我的抚养和上学、教育、治秃疮等问题，爷爷和父亲、大叔父、三叔父、四叔父、小姑们，一家人时常争争吵吵，互相埋怨。每次听到全家人为我引发的战争，我欲哭无声，跑到门前那条斜沟的黄土坡躺下仰望那块变形的天空。我的头顶上的秃疮一直没有彻底好转，前脑门大面积的烂疮疤，有几处秃疮没有了，脱掉了头发。是"狗毒精"的副作用造成的。用父亲的话讲是"以毒攻毒"。秃疮有毒菌，"狗毒精"含剧毒，"两毒"相接相撞，毒菌就会灭亡。也许是吧，不然，怎么会连头发都会脱落了呢。是愚蠢疼爱的表达方式，还是科学治疗的特技，那时我不懂，其中的奥妙叫我惊恐。提起"狗毒精"，就像梦见大灰狼一样，浑身颤抖，头、手、足以及胸脯都一抽一动，不由自控。为此，爷爷唠叨："唉唉，城里生的娃娃，怪娇嫩的，这可怎么是好，又是尿炕，又是害秃疮，往后怎么办呀。唉唉……"

怎么办呀？

已经分家多年的大叔父和大妈一家对我吃住在爷爷处，倒也没有明确表示什么态度。他们已年近四十岁，大儿子也分家了，管不了爷爷他们。三叔父刚讨过媳妇，两口子居住在紧靠近爷爷住的土窑洞旁的一孔小土窑内，有时他们另起炉灶，有时和爷爷一起合伙吃饭。四叔父、小姑姑没有成家，与爷爷一起吃住。四叔父、小姑姑其实年龄也不大。小姑姑比我只大三岁，四叔父比我大六岁，他们都是些孩子。大叔父的大儿子俊堂也才比我大七岁。还有大叔父的二女儿巧俊、三女儿吊俊她们，也与小姑姑的年龄不差上下。爷爷的亲侄儿子叫书权，与我父亲同年同月同日生，只是这位叔父比我父亲早生下半个时辰。因而书权叔叔是我父亲的哥哥。我老家这地方，叫叔父为"姥姥"，细推敲这个称呼，应为"老老"。比如叫大叔父为"大老子"，三叔父为"三老子"，四叔父为"四老子"。因书权叔叔不是爷爷的亲生儿子，尽管比我父亲早出生半个时辰，我们这些侄儿子也不好称他为几"老子"，只是开口叫"老老"。由于我父亲是整个青阳岭村我们这一代的"二老子"，因而我后来想，"老老"的地位大概就是处于"大老子"与"二老子"之间的那么一种排行名次。小于"大老子"，大于"二老子"。"老老"是我们这一年代小孩子对书权叔父特定的尊称。我生活在"老子"较多的小山村里，享受的恩爱是不少，特别是书权"老老"给我的疼爱和关心最多。书权"老老"的父亲是我们这些毛孩子的亲二爷爷，是爷爷唯一的弟弟。二爷爷23岁那年打仗死了，是在山西前线被日本鬼子的机枪子弹打死的。二爷爷死的时候，书权"老老"才是个3岁的孩子，刚会学说话。二奶奶把书权"老老"抚养到七八岁交给了爷爷，去外村菜园沟嫁给一个诚实的庄稼人，隔些日子回青阳岭来看一回书权"老老"。书权"老老"长到十几岁后讨过媳妇，是爷爷给做的主。书权"老老"对爷爷的孝敬要比我的四位亲"老子"任何一位都要好。他为人忠厚，对我成长产生着一定的影响。书权"老老"也最理解爷爷的心思，好几次，为我的吃住花费问题引起争论，"大老子"和"三老子"指责爷爷偏护我父亲，白白为"老二"养活孩子，每遇到这种情况，书权"老老"就出来劝解，还把我引到他家的土窑洞吃住。我叫书权"老老"媳妇为婶婶。那时，婶婶已有了三个儿子，考考、文考、俊考。婶婶的手指不怎灵巧，可做的豆面"纳卜子"挺好吃。

"纳卜子"是一种制作面条的土工具，是当地的俗语。用"纳卜子"制作的豆面条，当地人就称为是"纳卜子"。实际上，这是一种用双手操作的简单的小型饸饹床。一个圆孔，高约十厘米，直径约四厘米。底有一块地皮，锥尖大小漏孔几十个。此为一部分结构。另一部分更简单，一个与圆孔粗细长短相当的木头杵，正好塞入圆孔，可来回上下抽动。加工豆面时，把揉好的湿面放入圆孔，拿木头杵用力挤压，漏孔就有几十根细面条慢慢地掉入开水锅内。

婶婶做的豆面"纳卜子"特别的好吃。面条坚柔，细长，光滑，舀入土豆块做的哨子，味道香美，谁吃谁难忘怀。以至20多年过后，我工作了，到外地一个村子下乡，向村干部表明要吃"纳卜子"，村干部们听了说吃这饭不好办，没条件，再者如今的年轻媳妇嫌干那活麻烦，黏糊糊的。但在我的再三请求下，还是如愿以偿，味道虽不如当年婶婶做的香美，可毕竟也是一种儿时吃惯了的地方风味。记得我去县城北部的一个沙窝村子搞青年工作时，与一位相识同伴的乡干部要"纳卜子"吃，引逗得那位干部和村干部、村干部的老婆、儿媳妇哈哈大笑，搞得我莫名其妙。怎么回事吗？难道这个要求过分吗？我吃了村长老婆亲手做的羊肉面哨子"纳卜子"。离开那个村子，我问那位同行的乡干部，吃"纳卜子"在本地有何讲究，似乎是犯忌。那乡干部捂嘴笑得摇头晃脑，傻笑我"思想僵化"，他突然问我讨过老婆没有，我问他这是什么意思。他讥笑我连这都不懂还下乡，不如回家抱住老婆洗"纳卜子"去，哈哈哈……我如触电一样，在麻木中渐渐悟出一点名堂来。外号"万斤油"的乡干部挤眉弄眼一番，又一本正经用《易经》给我开导：世界上的任何事物变化都是由阴阳结合而形成的。这男男女女的事情，讲的就是阴阳，女阴男阳，女下男上。"纳卜子"吃过后，有何感想，不就是那么回事，那么个理儿，木杵为阳，圆孔为阴，木杵塞入圆孔，一压一挤，面条就漏出来。细细说来女人生孩子，也大同小异。男人不压不挤女人，女人的肚子能鼓起来。下身子能钻出孩子来……天哪，这位乡干部对《易经》研究得如此之深刻（这是后话）。

青阳岭村的一切，家庭的和自然界的万千迷离现象引发着我的童心跳动。1967年春天，我终于在青阳岭村待不下去了，父亲说他的脑瓜子现在够使用了，不能再让我跟着爷爷整天到大山里放羊、追兔子，要带我回石曹峪学校读书。爷爷见父亲没有原来那么急躁和风风火火地乱骂叫喊了，也就同意父亲把我带走。我回到石曹峪没住了3天，还是不能念书，因为老师不知为什么也不教书了。而父亲逢人就炫耀他是共产党员，战斗英雄，打枪有百步穿铜钱眼之能。我当然相信父亲讲的是真的。几天后，我又回到青阳岭。爷爷眉头的皱纹越来越深。

我的存在，是爷爷肩头一副沉重的担子。父亲精神越来越坏，总是疯说疯骂，讲他的"14岁"参加工作的光荣史，讲他在西藏剿匪的经历，讲他带着我在李兴庄、黄家塌小学念书的话题。

我在青阳岭到石曹峪的山区土路上不停地来回奔跑。我又一次回到青阳岭，是父亲送我回来的，还带回许多厚书、报刊。父亲只向爷爷简单地交代几句就走了。看样子，父亲认为我住在爷爷家是天经地义的，不理亏什么。老子亲儿子，自然就得亲孙子，合情合理。父亲不给我教文化，到底去什么地方了，有啥重要的事情。父亲走后的一个多月，我不能回石曹峪到学校上学，又跟爷爷上山放羊，追兔子，掏雀窝，滚黄土坡。

在与父亲一起的日子里，由于父亲天天早晨用热开水给我洗秃疮，使秃疮得到很好治疗，有些地方还长出新的头发。可回到青阳岭不到半个月，不能按时正常用热水洗秃疮，又使秃疮恶化起来。头皮痒，脑瓜子痛，像扣了个小铁锅，难受的坐不是，站也不是。我真恨不得用头去碰山坡上的大石头，痛痛快快流一次血，要么用小镰头刃把秃疮干干净净刮掉。夏天了，随着天气的炎热，我脑袋上的秃疮也生长得特别快。我实在受不了，就让小姑姑给我烧好开水，我自个儿用布条擦洗。这样擦洗一次，至少三天内秃疮不十分痛。与脑袋上秃疮做斗争是我儿童时代的一项悲壮的战争。

青阳岭村的门对面有一座黄土山，翻过对面坡，走 2 里路，就是仓上村。仓上村 30 多户人家，百十来口人，全是乔姓。青阳岭村归仓上村大队。仓上大队有一所小学。考考、虎堂、文考他们天天跑仓上村念书，早晨走了，拿着熟食，赶下午回来。他们有的上二年级，有的刚上一年级。他们都是我的叔伯弟弟。他们入学，我却失学。我不委屈，不羡慕。我有爷爷给我教《千字文》《民贤集》《三字经》《论语》《大学》……还有父母亲给我留下的《钢铁是怎样炼成的》《我的童年》等书，我坚持自己看书。不认识的字，我就查字典。

青阳岭的山，山连着山；青阳岭的沟，沟套着沟；青阳岭的坡，坡对着坡；青阳岭的崄，崄盯着崄。一架架山，一道道沟，一座座坡，一个个崄构成了千谷万岭的奇景，而每一架山一道沟一座坡一个崄都有它们的名字。有按地形叫的，有以动物名起的，也有按老祖宗们的姓名命名的。什么大沙梁、水桐树梁、老榆梁、红石炮梁、柠条梁、前梁、后梁……还有什么驴尾巴血、狐尾巴崄、牛头崄、红狼崄、黑老鸦崄、白虎崄、青龙崄、黄龙崄、狮子崄、小兔崄……那一道道沟儿的名字叫得更有趣，什么老和尚沟、小和尚沟、老尼姑沟、小尼姑沟、疯女人沟、寡妇沟、二媳妇沟、三姑娘沟、姐姐沟、妹妹沟、姑姑沟、娘娘沟……凡是阳面的山坡开头都叫阳，凡是阴面的山坡开头都叫阴。阳牛坡、阳马坡、阳狗坡、阳猪坡、阳鼠坡、阳猫坡……自然阴坡都叫阴马阴驴阴兔的了。山有姓，地有名，沟有名。人与畜，畜与人，阴与阳，混合一体，生出山名、地名，一代一代延续下来，都这么叫。远山近沟，高山低峁，大致一辙，谁都这么称呼，喊得习惯，叫得顺口，只要随便口咏，绝对是一篇妙文奇文，有滋有味，有情有趣，灵秀极了。在青阳岭村方圆50里的大大小小的上百个村庄范围内只要顺口说个什么山什么面什么沟的肯定有其名。一次，来了外村的一个与爷爷相识的老头，自称是乔氏大家族的老女婿，他开玩笑也不怕狗咬舌尖，胡瞎乱吹的叫我和四叔父、考考、虎堂、文考，这些孩子们听了都害羞得脸蛋发烫。

大山姓名的奇趣来历和老女婿的粗俗戏言，增加了我对青阳岭山山沟沟新的认识，难怪《西游记》里有那么多妖怪会变成人样说人话呢。山有山神山妖，水有水神水怪。树木花草，也会成人成仙。爷爷说，"这每一座山上都有山神爷，每一块地里都有土地爷。人是凡眼肉胎，看不见山神爷土地爷。山神爷土地爷是上天恩赐的金身，对人的一言一行，都能看见听清。山里人就要按照《三字经》里讲的老老实实做人，为人之性之德以善为贵为终。人的本性应为善，不善者不尊也。唯有善者才可以算得上尊上贵。不善者必有恶，不善者必为恶，恶者做人之大逆大错，人不容，国不容，地天不容。山里人不善做恶者，山神爷、土地爷就会惩罚。相反，从善积德、懂礼、勤快，人人敬之，神也敬之。为人不可撒谎。谎与实，水火不容，相克。撒谎遭报应，神鬼不饶。为人有志者，就要吃苦，好学、好读好钻。若想为人上之人，就得吃苦中之苦，就得读'四书五经'。不读'四书五经'，空有抱负，成不了大气。秀才、举人、状元都可成贵人、成贤人，进而可达圣人。万般皆下品，唯有读书高……米脂的李闯王没多读书，打下江山也坐不牢，只能当8个月的皇帝；诸葛亮读书破万卷，识地理、晓天文、懂兵法、阵图、阴阳、奇门、历法、精通孔孟之道，深领周公之礼，因而诸葛亮成大才大贤大圣，做了蜀汉丞相，著《出师表》，千古流芳，万古流名，还有南宋岳飞从小好学，文武双全，官升大元帅，保家卫国，封妻荫子，光宗耀祖……还有，对，还有……《五女兴唐传》的李怀珠、李怀玉兄弟俩，从小苦学，经历九死一生，长大成为文武状元。老二李怀玉讨了如花似玉的才貌双全的5个好媳妇。5个媳妇哇，唉，林林，记住，要好好读书，等这几天忙过去，你四叔父把自留地种上，顶替爷爷放羊，爷爷送你回石曹峏学校念书。"

我默默地记住爷爷的话。其实，我心里明白，四叔父刚订下婚，花了不少彩礼钱。他跑仓上村念了3年书，回村也只能给生产队当半个劳力。四叔父如今是父子村生产队的好劳力，一个人扛一副犁，一天耕2亩地。小姑兔梅连一天校门也没进去。至于大叔父、三叔父就更不能提了，是爷爷给他们教会几个庄稼字。书权"老老"也一样，在那个战乱年代哪还能去读书。青阳岭村唯一有文化的人是我的父亲。父亲是沾了革命的光。是青阳岭村有史以来出去的最有文化的人，也是最大的官，给县太爷做过秘书，又打过仗。父亲是不是爷爷心目中所期望的"文武状元"呢？我从爷爷的那双凹陷的忧伤的眼睛里窥视出，爷爷有一种难言的黄昏下的失落感。他抚摸着我害秃疮的脑袋，远视着西边群山中即将坠下去的那颗血红血红的太阳，呼吸声是那样的急促、沉闷、悲凉。当太阳完全消逝在山的深谷里，仿佛就像一个红苹果掉进大沙坑里被埋掉一样，什么也看不清了。夜幕下的山沟羊肠小道上，羊群在前面蠕动着慢慢行走，我挎着装着《千字文》和三年级课本的小书包跟在爷爷的屁股后往村里走来。羊子在前，人在后。两只脚的动物驱赶着四只蹄的动物，拥挤在循环无有尽头的山间土石混杂的狭小道路上。爷爷肩膀头挂着的小镰头，光头罩着常年习惯了的白羊肚手巾，一只手提着放羊权，一只手紧紧握着我的手腕，步子迈得稳重有力。他时而用舌尖吹口哨，喊着某只羊子的绰号，警告着羊子乖乖地走正道回村；时而又提醒我眼睛看路，双脚踩稳，小心绊脚，栽跤。爷爷拖着我一步一步地踩着弯弯曲曲的土石小道走着，他是怕我太累了走不动，晚上睡下乏困的尿炕。我能理解爷爷的爱心。我觉得只要爷爷拖着我的手走路，我就什么也不害怕，即使真有大灰狼来了我也敢拿拳头揍。我只知爷爷亲疼我，我也感觉出来爷爷亲疼我时我的那种自豪感。至于爷爷的身体的疲劳和内心的想法我没有去考虑。

本来，爷爷跑了两次仓上大队的学校，与大队干部商量好让我上四年级班读书，谁知偏偏小姑得了感冒病，一连几天不起炕（床）。爷爷很信神鬼的威力，自己把铁火柱在炭火里烧红，一手握着铁火柱把，一手刷地将一把火红火红的铁火柱，口里还念念有词，喃喃啥"太上老君""南海观世音""王母娘娘"保佑一类的像是顺口溜的诗句。爷爷就是这样给小姑治病。不到半个月，小姑的感冒病还真的好了。

不过，我进校门的梦破灭了。由于奶奶的离开人世，这儿年不仅给爷爷的精神带来沉重的打击，也给我的生活造成无法弥补的困难。奶奶活着时，我从县城回来的这几年，总有一只眼的奶奶给我做鞋、补衣服，尽管我看见她不如爷爷亲疼我，是个又丑又脏又瞎了一只眼的老女人，可她是我的亲奶奶。她老人家对我亲疼的方式和爱心，我是不能够体会到的。爷爷好长时间不再提我回石曹峁村念书的事。只是给我教那儿本"黄纸书"，带我天天上山进沟放羊。四叔爷成了全家的顶梁柱劳力。虽然父子村是一个生产小队，也是严格按出勤记工分，到年底按劳分配。四叔父跟工一天，记10分工，爷爷放一天羊，是8分工。小姑姑劳动一天是5分工。因小姑姑是半劳力，好多农活儿她不会干，也就操持家务，搂柴挖野菜，烧火做饭。奶奶过去承担的家务活，全部压到了比我只大3岁的小姑姑肩膀上。在这样一个一家三代人的复杂家庭里，我慢慢地明白一点儿道理，我能吃住在爷爷的身旁并又能得到爷爷亲自给我教"老皇历"书的待遇就很不错了。就在这两年内，大叔父又增加了两个儿子，三叔父也生了一男一女，书权"老老"也生了两个儿子。青阳岭村的人口在增加，爷爷的孙子一年比一年多。孙子在爷爷面前，谁都有理，都是爷爷的亲骨血。爷爷家每吃一顿带腥荤油点的饭菜，孙子们就围了一圈，都长一张馋嘴，争抢着要吃要喝，尤其是大叔父新增加的两个刚会走的三儿子、四儿子，还有三叔父的两岁的女儿、一岁的儿子。他们好比一群小麻雀，哭的哭，叫的叫，搞得爷爷一碗饭一口也吃不成。爷爷是喜是愁，只有他知。在这些小弟弟、小妹妹们面前，我第一次发现我长高了许多。我是个大孩子了。我可以不和他们争吃爷爷的饭，有时还得哄着他们玩耍，可有一条我坚决不让步，每到晚上睡觉，爷爷是属于我的。尽管我在爷爷肚皮上撒尿的次数少了一些，我仍改变不了我的那个坏毛病。爷爷的两个乳头被我掐扭的有时肿起来，而我还是不悔改不停止，爷爷实在心烦疼痛得忍不住了，便轻轻地推开我，拍一巴掌我的屁股，狠狠地咒一句："没出息，大清朝时山东有个娃娃左连城，12 岁上京告国太爷，看看你，这么大的小子了，还抱着爷爷的脖子睡，唉唉，啥时候才能长大哇。"可是，爷爷这样向我发了一顿脾气过后，也就再不生我的气了。我还是听不进爷爷的话。黑黑的土窑洞，什么也看不清。门外除了传来猫头鹰的叫声和狗叫声，就是死一般的寂静。奶奶死了后，土窑洞又少了不少的温暖。有几次晚上我梦见奶奶回来满脸血淋淋的，我吓得一声惊叫，抱住爷爷再不敢哭一声。经过这么几次的折腾，爷爷再也不咒我没出息了。每到黄昏后放羊回来吃了晚饭，就不让我出门外边，睡觉总是让我的头枕着他的胳膊。我也真是没出息，有一天晚上又梦见"大拧角"公羝追赶着顶我，把我追得掉下驴尾巴崾的深沟里，我痛得大哭大叫。醒来时，我不知几次掉到了地下，鼻子都碰破流出血。爷爷、四叔父都被吓得手忙脚乱，问我梦见什么"怕怕"了。我说"大拧角"顶我，就气得哭起来。爷爷把我抱进被窝，煤油灯光下我还是第一次看到爷爷的眼眶淌出了两串泪珠。爷爷的这一异样变化，被四叔父和小姑姑看见了，结果导致他俩也哭了。

爷爷肩头的担子，有多少斤重。爷爷的眼泪，何止流淌过一次两次，只不过是我没有发现罢了。我终于醒悟过来，与爷爷睡觉时梦见大灰狼咬我，我跑出院子那一次，我在被窝里贴着爷爷的脸腮感觉到湿湿的东西，原就是爷爷的泪水啊！

爷爷为我操的心太多太重太大。我理解的比较浅薄。爷爷断定，青阳岭村的住宅有问题，很可能有毛鬼神在作怪。因而，每天晚上睡觉前，他把生产队经常给牛驴锄草的铡刀立到门框一边，又在黄纸条上用毛笔写上"关老爷"三个字贴到刀把上。这还不放心，他还在我的枕头下压了一把菜刀一把斧头。我不懂爷爷到底是干啥。爷爷让我和四叔父、小姑姑先睡好，又用老瓷碗舀了半碗豌豆，手抓着满窑洞乱扔乱甩。豌豆打得我不敢张开眼睛，我问身旁的四叔父这是做啥，爷爷嘴里又是叮叮叨叨：关老爷的大刀舞起来，大鬼小鬼快躲开；我家夜郎是一品官，文曲星下凡谁敢拦；山神土地臭老阎，再不快走挨金蛋……

第二天起来，小姑对我偷偷地说，爷爷说我中了邪病，是为我驱邪捉鬼。以后睡觉，我就不做噩梦往地下滚了。我信以为真。我才不怕鬼呢。鬼真来了，我就用枕头下的菜刀、斧头砍。不过，我怕大灰狼，还有那只凶猛的"大拧角"。

父亲一直没有回来。我一直和爷爷过着放羊的日子。时光，一天一天在流逝。我对青阳岭的印象越来越扑朔迷离。那山，怎么只是高的高来低的低；那沟，怎么永远是深的深来浅的浅；那坡，怎么年复一年还是阳的阳来阴的阴；那地畔的白草，又怎么活来死了又活来又死了；那天空的云，其颜色又为什么有时洁白有时黄红有时灰黑有时像淡淡的一缕柴烟飘逸……还有那沟底石岩缝隙欲滴的清泉淌在光滑的青石板发出的"哗啦哗啦"的响声，怎么日日夜夜像山风吹拂着树枝总也不止。青阳岭村的山里世界与山外世界相互接轨碰撞发出的沉闷轰鸣声震撼着我的幼小心灵。

青阳岭的人口在飞速地增长，是爷爷的期望。青阳岭村的羊子在逐渐发展，是爷爷的劳动成果。1968 年，12 岁的我已经步入了少年时代。我锻炼成为一个合格的且非常出色的小羊馆。这一点，我的爷爷最清楚。爷爷多次说要送我到仓上学校读书，可是，我始终没有到仓上小学读书。我知道了我为什么不能到仓上小学读书的原因。一是因为我的户口迁到沙峁公社石曹峃村，二是我的父亲把我寄养在爷爷一家的这些年来从没有给爷爷支付过什么抚养费。对此，爷爷当然没有意见，心甘情愿。可是，爷爷还有三个亲生儿子，还有一大群年龄不等的孙子孙女。我应该明白，我这两年来与爷爷、四叔父、小姑吃住一起，爷爷已经承受了家庭的多重压力。我父母的离异，奶奶的病逝，父亲失去工作又半疯半魔地到处漂泊，仅此给爷爷带来的打击就够沉重的了。爷爷是没有能力送我到学校读书了。他不能把对所有孙子的爱心和嘱托花在我一个害秃疮孙子的身上。假如他把老人的爱心和一生的祝愿全部寄托在我一个孙子的抚育上，爷爷的良心就会失去平衡，爷爷就会活得更加疲累和痛苦。我能看得出来，自从我失学后，爷爷的性子变得越来越古怪，只要我和小弟弟、小妹妹们有点伤风感冒，他就开始用那套老办法驱邪捉鬼折腾一番。有时，爷爷几天也很少说话，脸部的皮肤越来越紫黑焦黄，额头横着的皱纹弯弯曲曲延伸向耳鬓，与青阳岭村的山沟没有多少区别，只是按比例缩小一些罢了。

我的爷爷，老了。他心里有说不出的苦衷。他高兴、欢笑的时候很少。唯有带着我一起到大山里放羊时偶尔望远处的山峦，伸伸腰，摇摇头，长长地叹口气，哼几声《信天游》。爷爷唱《信天游》，与给我治鬼病打鬼病叨叨的声音有些一样。那调子，那韵味，那节奏，怎么老是委委婉婉、凄凄惨惨、沉沉浑浑、笑不笑、哭不哭、骂不骂的各种声音搅拌一起。爷爷唱的词儿我大都听不懂。有时我觉得实在好奇好笑，就问爷爷唱的些什么歌子。爷爷说唱这些歌山神爷、土地爷听了就害怕。我缠住爷爷，到底是些什么内容嘛，我已是大孩子了，能看懂《三国演义》的人了，还当我是害怕大灰狼的尿炕孩子。爷爷被逼不过，夹说带唱道：

> 骑白马，挂洋枪，
> 三哥哥吃了八路军的粮；
> 有心回家看新娘，
> 打日本顾不上。
> ……

爷爷唱完一段，问我懂不懂。我说怎么不懂。太简单了，不就是说八路军叔叔忙打日本鬼子而没有时间回家看他的新媳妇嘛。爷爷伸出拇指夸我理解得很准确，有脑子，有记性，没有白吃他这么多年的糜子窝窝、山药蛋、黑豆饭。我这样提问了几次后，爷爷的心情变得又沉重起来，我清清楚楚地听他这样哼山曲儿：

> 龙生龙来凤生凤，
> 老鼠养的打地洞；
> 马蜂生的叫嗡嗡，
> 老牛养的为啥成不了神？
> ……

唱到此，爷爷又关心起了我的读书问题。他说他小时在外村读过两年冬书，虽然不懂"四书五经"，可也知道孔圣人、孟圣人是中国古时候最有学问的人。他说，很久很久以前，还有个荀子，很会劝人怎样读书。他还说，家有黄金折斗粮，不如养子上学堂。万般皆下品，唯有读书高。只有读书读到像孔圣人、孟圣人那样的人，老牛也会成神仙，上天堂，喝到玉皇大帝恩赐的酒……

爷爷讲的是半人话半神话，可信又不可信。他对我的读书还是抱有着一丝希望。这一丝希望曾变为爷爷眼前的现实，只是时间太短促了，只有两个月，我就又回到了青阳岭村。

那一次父亲回来了，带着一帮子背枪的人，据说父亲是一个造反派组织的骨干分子。父亲说沙峁公社所属生产大队和附近几个公社的地盘都属于他们管辖的范围。石曹岊村的小学如今办得红红火火，让我马上回去读书，生产队给我管饭吃。在父亲的满腔激情煽动下，爷爷同意我回石曹岊村去念书。我回去石曹岊村插入四年级班念书了。可父亲只与我住了几天，让生产大队给我称了几十斤小米和豆子，叮嘱我一个人晚上睡觉、自己做饭吃，然后就背着一支崭新的半自动步枪追那帮子背枪的人去了。我的父亲，怎么又参军打仗了？我弄不懂。可能父亲当年在青藏高原剿匪真还是什么战斗英雄。

石曹岊村学校的老师是与爷爷年龄差不了多少的老阴阳先生乔天明。毛笔字写得很不错。他知道的东西比爷爷多得多。他听说我能看懂《三国》，就在课堂上提问我《三国》里有几个人物骑的是毛驴，诸葛亮的媳妇年龄有多少岁，吕布的弓箭有几斤几两重，张飞的倒竖胡须共有多少根，刘备的眼泪共掉了多少滴，周瑜在长江里洗了多少次澡，曹操一生一共大笑了多少回……好一个阴阳先生，问得我眼珠子都快要突出来。我急得大口大口喘气，我怎么就不注意这些有趣的故事细节呢？那老先生给我们上课，内容是古今结合，校外结合，什么内容讲，什么内容不多讲，他说他是"牛鬼蛇身"，他又打倒"牛鬼蛇身"。他讲得一条经验得到公社推广，说世界上根本没有什么神鬼，他当了大半辈子阴阳，埋了几百个死人，没有跟上一个鬼，这充分说明了世界上是不存在什么鬼神的。他还给我们反复讲刚时兴的政治课，内容都是伟大领袖"毛主席语录"。要求我们每一个学生必须一字一句背会，牢牢记住：

> 领导我们事业的核心力量是中国共产党；指导我们思想的理论基础是马克思列宁主义。
>
> 没有贫农，便没有革命。
>
> 革命不是请客吃饭，不是做文章，不是绘画绣花……
>
> 下定决心，不怕牺牲，排除万难，去争取胜利。
>
> 向雷锋同志学习。
>
> 世界是你们的，也是我们的，但是归根结底是你们的。你们青年人朝气蓬勃，正在兴旺时期，好像早晨八九点钟的太阳，希望寄托在你们身上。

这些语录对我和不少孩子是很有鼓舞性的。

放学回来，我自己烧火煮熬小米稀饭吃。晚上早早地顶了门，独自睡觉，也很少梦见大灰狼。只是想念爷爷，有时候也想姥姥，但为了读书，不让爷爷生气，我一个人住在石曹岊村。那老阴阳先生倒是挺关心我、鼓励我，还经常教我打算盘，讲什么天空那遥远星星的大小、远近……可是，不知为什么，上面来的人通知生产大队，不让老阴阳先生当老师了，学校暂时放假。

对于我的又一次失学，爷爷没有说什么不吉利的话。除了哼唱小调，反复重提的还是那几句老话，万般皆下品，唯有读书高。要么又是替李闯王伤心动感。爷爷的肚子里装的神话故事还不算少。他说，李自成进北京本来能坐40年江山，就因为他家的坟地坐的字不好，与玉皇大帝的宝座排成了一条线，惹恼了玉帝爷。因而玉皇大帝打发一批混世魔王到凡间赶他下台。爷爷说，世上只能有一个真龙天子，若把所有的真龙天子搞在一起，就都变成了混世魔王，这天下就非乱不可。一条龙是真龙，两条龙是一条火龙、一条水龙，三条龙就有一条草龙，四条龙、五条龙、六条龙、七条龙……一齐降落到人间，不是都变成鬼怪害人吃人，就是像这山羊绵羊挤在一起一样，为吃一株草，相互顶角，斗得不可分开。爷爷讲的这些神话似乎有些道理，我只觉得很有趣味，为爷孙俩放羊增加了一些生活的浪漫色彩，至于别的什么深层含义，我品不出来。我越来越感到，经过老阴阳先生两个月的教育，我的知识并不比爷爷少。我正在搞清《三国》里那些历史上谁都没有回答上来的答案。爷爷知道诸葛亮的媳妇有多少岁吗？爷爷能搞清楚周瑜在长江里洗了几次澡吗？爷爷恐怕连自己的胡子是多少根也未必数过，何况是张飞的胡须呢？

我与爷爷在深山里探讨着放羊的学问以及与放羊无关的天上的、地下的做人的和斗鬼的学问。

在青阳岭村，除了爷爷是近百只羊子的上帝，我就是羊子的发号施令者。放羊，按字典里讲，有的地方叫牧羊或拦羊。叫法不一，实质相同。放羊职业的环境与一个渴望读书孩子的心境是不协调的。我体会到了这其中的难处，爷爷体会更深刻。父亲走了，一直忙于他的事情，干他的革命。我吃爷爷种地产的粮，穿爷爷卖羊毛羊绒换来的钱买的衣服，也该理解爷爷的心情。我再不能一个人独占爷爷对他的孙子们的全部爱心。我应该好好放羊，让爷爷少跑些路，少爬些坡，少跳些沟，少翻些山。总之，我已经是大孩子了，虽不能独自承担放羊的重任，一个人赶着上百只羊子到大山里放养，可有爷爷相跟着，让爷爷坐到山梁的树荫底下指指教教，我跑跑腿，还是可以把羊子放好的。我这样做，爷爷是满意的。他毕竟把我从一个连大山都不敢爬的毛孩子抚养成赶着羊子寻找好草场的少年了。何况我还是一个挂牌子的四年级学生，读了几本"老黄历书"和一些领袖语录。

青阳岭的羊子老的"大拧角""大弯角""大草角"……死了，又一批年轻的"大拧角""大弯角""大草角"……成长起来——

我对放羊的兴趣越来越浓厚。我对羊子的感情越来越深。放羊的乐趣不放羊的人是不会享受到的。我对每一只羊子都给起了外号。有的羊子的外号还不止一个，甚至两个、三个。每一只羊子的峰峰的叫声，我都能听出来或辨别出来。我的每一声呼喊，羊子都能听出是表示什么意

思，是让走还是不让走，是拐弯还是直线跑。我吹一个口哨，羊子就会根据口哨的声音统一服从指挥调动。我站在山顶，羊子在沟底，只要听到我特定的口哨声，羊子就会一个接一个朝山顶登上来，向我围拢靠近。我若在沟底，羊子在山顶吃草，我一声呼唤，羊子就会自觉地朝我跑来。有的羊子几乎到了与我能对话和交流感情的程度。有的好偷吃地里谷苗的馋嘴羊子乘我不注意的时候做出越轨的行为，然而一旦看见我或听到我的警告声，马上就自觉地从庄稼地里逃出来，老老实实地啃草了。爷爷对此非常满意，夸赞我的放羊本领已经超过他了。爷爷的表扬不过分。我也这么认为。

　　就羊子的种族而言，按当地山里人的习惯划分，总的可归纳为两类：一类为山羊，一类为绵羊。山羊与绵羊明显的区别是山羊都头上长角，绵羊大都不长角，至于其动物本能的整个生理结构我不太了解。在我心目中，或者说我划分山羊与绵羊的标准就是长角与不长角。山羊为什么长角，绵羊为什么大都不长角，尤其是母绵羊几乎长角的占不到整个母羊群体的百分之一。那么，山羊长角有何好处，绵羊长角的少，有何缺陷，在我看来，山羊长角不光威武，而且斗角顶架不吃亏。而绵羊们长角的少，至少说与山羊一旦发生冲突肯定是吃亏的。山羊的角无疑象征着一种力量和防暴工具。事实上，长角的山羊就比绵羊厉害、胆大、机灵。绵羊也许是因不长角的缘故而变得特别的乖巧、听话。每次羊子出坡，领头的羊子必是山羊，而且还是角又粗又长又尖的山羊。在大山里长好草的地方都是角粗角长山羊的独有空间。角，是山羊的骄傲，天生的权力资本。绵羊们心甘情愿跟在山羊的屁股后啃吃它们残留的杂草。山羊是绵羊的首领。山羊是绵羊的上帝。按《易经》的基本原理讲，山羊为阳，绵羊为阴。山羊性刚暴烈，绵羊性柔和气。阴阳结合，皆平衡，皆欢喜。这看来也有些道理。山羊与绵羊一起吃草、一个圈里睡觉，多少年了很少发生顶架斗仗的现象。弱者面对强者是永远也不曾去想反抗的。而强者也很少把暴力施加给弱者。因为强者没有任何必要对弱者施加淫威就可达到对弱者所占有的一切。我真正看到的是强者对强者之间互相争斗的悲壮场面。山羊与山羊之间斗角顶角的激战是惊心动魄的。

　　我最害怕担心的就是领头的山羊们为争草争水而引发的顶角行为。它们之间有时候干起仗来，我和爷爷武力干涉方可阻止住。它们顶角时哪怕双方的角根流出鲜血，也不肯罢休。那架势，那动作，那气魄，简直叫人看了以为它们就是我曾梦到的大灰狼。要不然我也不会梦见"大拧角"把我顶下驴尾巴沟而掉到地下碰破鼻子。山羊与山羊顶角是撕裂人心肝的。头破血流的情景使人不免勾引起神话故事中妖魔的面孔。山羊发脾气时也有凶残的一面。那两只没有割掉蛋（睾丸）的公羊，又是整个山羊群体中的大王。在我们那地方，无论是青阳岭村的山羊还是仓上村、石曹岊村以及许许多多的村子里的山羊群体，又可分为三大类：一类是母山羊，母山羊的义务就是繁殖小羊羔；一类是割掉了睾丸的公羊，也叫羯羊，主要是供人们吃肉的；一类是公羝，没有割睾丸，主要任务是与母山羊交配，为的生育新的小山羊。羯羊没有生育能力。从小山公羊羔生下两个月之内就由人给割掉了两颗蛋。一群上百只羊的羊群大家族里，假如生养下30只公山羊羔，那么只留两只公羝种羊就足够了，其余28只统统要把那两颗神秘的蛋割掉，列入供人们杀肉吃的羯羊行列之内。母山羊与公羊不同，性别划分得十分清楚。而羯羊与公羝羊既有相同处又有不同处。它们来到羊群生存的世界本是同一类型的羊种，具有生理结构完全相一致的本能，然而由于人们对羊子的需求不同，而对公羊品种进行阉割睾丸的手术措施，羯羊与公羝的区别，就在于一种没有生育能力，一种具有生育繁殖的能力。两种公羊都需要存在，都需要好好地饲养，吃草饮水，甚至还要给开小灶，加草加料。像公羝这家伙，长得角长角粗，两个西葫芦瓜大小的蛋吊在两条大腿间，每年到了与母羊性交怀胎的季节，就要给单独吃草料，使其精力充沛，让受精的母羊感到雄性体魄的威力。公羝对母羊的占有欲是极为自私的，贪婪的程度在整个动物世界也是独一无二的。在一群上百只、数百只的羊群大家族里，所有异性都是那一两只公羝霸占的对象。异性母羊也只能让那一两只公羝独占享受，至于羯羊只能是做个摆式或样子货而已。羯羊没有能让母羊满足的条件。羯羊就是"羊宫廷"里的太监。见母羊有情有心而无能为力，一身的火热，不会闪电倾雨。羯羊的命运归宿是人类的一道美肴。

清福都让公羝占据了。这是上天决定的。谁也改变不了。

我当小羊馆，悟出了一些羊子们生活的规律和天生的本能。我有时就这么胡思乱想。因为我对男人与女人为什么要结婚的道理开始有所明白。我是哪里来的，是父亲与母亲当年结合的产物。父亲与母亲也是山羊与母羊。我觉得好笑，心里害羞。放羊放出了好奇，放出了一些奇奇怪怪的想法。是不是也是一种学问，爷爷没有说过，父亲也没有说过。老阴阳先生也没有讲过。放羊还能有什么出息，只有好好到学校读书才有进步。世界不是我们青年人的吗？这世界到底有多大，那么多国家，我怎么一个也看不见。日本在哪里？美国在哪里？英国、德国、法国又在世界的哪个方向呢？父亲还不回来接我到石曹邑念书，我赶着羊群能看到青阳岭村外的世界吗？青阳岭的山到底有多少座，怎么这么高这么宽。我的胸脯正卷起山洪，冲洗着青阳岭村周围的山山沟沟坡坡洼洼渠渠梁梁……

面对着羊群和群山，我第一次对上百号羊子进行从未有过的"革命"和整编活动，搞得爷爷都摇头晃脑地大笑不止。爷爷伸出拇指夸我，看《三国》看到了家，看出墨水，成秀才了，当元帅了。

爷爷的夸赞是有根据的。我要感谢那一只只性格不等的山羊绵羊公羊母羊恶羊善羊……

我不懂现代军队的建制。120只羊子，大概相当于一个连队的编制人数。前面已经写到，我把所有羊子按种类、角长角粗、皮毛颜色、性格等特点，不仅分门别类地给起了各种各类的外号，还为了便于看了《三国》能记住里面的人名、地名，把某只羊子当成《三国》里的某个人物，把个别地名比为某只羊子身体的某一部位。这样，《三国》里的人名、地名就跑到了青阳岭的羊群里来了。比如"大拧角"为曹操，"大弯角"为刘备，"大草角"为孙权，"鬼四面"为周瑜，"花脑星"为孔明，"白母羊"为董卓……"花母羊""青母羊""小弯角""小草角""小拧角""黑脑星""白脑星""花四面"……都可以与貂蝉、大乔、小乔、糜夫人、甘夫人什么连起来。曹操的那些将领曹仁、曹洪、夏侯惇、夏侯渊、许褚、徐晃、张辽、张郃……也都变成了"偏角""尖角""花角""勾角""连角"

之类的羊子了。至于刘备的五虎上将"关、张、赵、马、黄"和孙权的上八员大将黄盖、徐盛、丁奉、凌统、甘宁、周泰、韩当、董袭、陈武、潘璋、太史慈之辈也变成了我用羊鞭驱赶着的"黄毛""黑毛""白毛""卷毛""光毛""秃尾巴""翘尾巴""狗尾巴""夹尾巴""青耳""白耳""宽耳""尖耳""圆耳"……之类的羊子了。还有"弯弯耳"是吕布的弓,"花蛇角"是张飞的矛,"扁担角"是黄忠的刀,"羊毛胡"是孔明的扇……

一部《三国演义》与一群羊子之间的关系就那样极简单地组合在一起,嵌镶在奇丽的黄土高坡。放羊出学问出真知,亦诱发少年的好奇心。羊子不仅帮助我加深了对有关历史知识的记忆和理解,也多次把我从饥饿的绝境中解救出来。我跟爷爷放羊,减轻了上年纪的爷爷的过度疲劳,爷爷一个人独自放一百多只羊子,叔父们也是不放心的。加上我这个半劳力,又不挣生产队的工分,既可帮助爷爷跑腿,还能让我有个吃住的地方,这样的好事,叔父们当然是高兴的了。若让爷爷一个人赶着那么多羊子整天爬山跳沟,实际上爷爷的精力已经是不可能支撑下来。那样的话,无论哪个叔父来承担放羊任务,都会给本来就种田劳力少的父子生产队带来困难。叔父们对我跟着爷爷放羊似乎感到是一件几全齐美的事情。至少说我不再是个白吃饭的孩子了。

关于放羊的有关基本常识和所注意的一些问题,我也逐步掌握了不少要领。比如,冬季放羊应不宜走远地方,春季放羊切记不要让羊子跑路赶着吃青草芽,夏季放羊经得起中午烈日的烤晒,秋天放羊要绕田间地畔。(后来过了十多年我还把这四条编了一段顺口溜加以推广,连放牧了一辈子的老羊馆都认为是经验之谈。)这四句放羊的顺口溜是:

> 冬放羊子绕村头,
> 春放羊子打住头,
> 夏放羊子顶日头,
> 秋放羊子转田头。

放羊作为畜牧业的一种具体行业,讲究的是实实在在的劳动和吃苦的精神。放羊人要放养好羊子，使羊子吃饱喝好，不受冷冻，长膘长肉长毛长绒，多产肥料，不但对羊子这种家畜的生活习性要了解，还要对羊子所生活的圈棚、草场、饮水环境——清楚。羊子属旱地家畜，母山羊或母绵羊为一年受一次孕怀一次羔。寿命最长的母山羊也只活五六个年头，那就算老母羊了，就要结束生命了。割了睾丸的羯羊羔，当年一岁称为对牙子，二岁为四个牙，三岁为六个牙。羯羊最高寿数能活到三岁就该脖子上捅刀子见红了。活到六个牙的三岁羯羊比较少。大多数羯羊在二岁四个牙时被宰杀掉吃了。因为这个年龄是羯羊最青春年盛的时期，这个岁数的羯羊肉鲜嫩、味香、营养价值高。当然公羝除外，它活的年龄比较大，寿数最大的能活至八岁，且精力还能对付年轻的母羊。由于公羝是繁殖羊种族的雄性职业专家，数量在一群羊子里也只有那么一两只，因而它享受的待遇特别优厚，尤其是在母羊受精怀孕期，要给公羝单独加草加料，吃最优质的白黑豆、黑黄豆。黑豆含的成分据说公羝吃了产生精液。公羝享受尽了羊氏家族的福乐，一辈子就是过着职业性的合法化的玩弄异性的生活。受到重点保护，并得到一片赞美声。母羊呢，山羊也罢，绵羊也罢，主要任务是繁殖后代、剪毛、采绒、踩粪……它们的祈求不多，吃饱喝足就满足了。母羊活到失去繁殖能力为止。它们一旦失去了生养小羊羔的能力，也就是主人开始向它们脖颈上插刀子之时。也就是说失去了公料的宠爱也就失去了生命的存在。母羊对性欲的渴望不怎么热情，更谈不上迫切和强烈。母羊一年也就仅仅接触一次公羝，而且是很短暂的那么几秒钟就心满意足了。也就是那么短暂的工夫内母羊承受着公羝勇猛的快速进攻。公羝每每到这个时候，像一只发疯的狂狗，只就这一瞬间，公羝就完成了发泄的整个过程。此时此刻的母羊，腰背收缩弯曲成一只弓，一动不动地张嘴喘气。母羊是兴奋，还是疼痛；是情愿承受，还是被迫无奈，只有母羊知道，只有伟大的畜牧专家知道。我除了好奇，就是麻木，也有害羞成分。母羊活着就是为了让公羝把腰部压迫成一只弯曲的弓吗？我不懂。

不过，我懂得一点儿，母羊的奶汁最好吃又最香甜。我永远也不会忘记在青阳岭大山里吸喝羊奶汁的童年和少年时代。"小弯角"和"小拧角"两只山母羊伴着我从童年进入少年的世界。它俩是由小羊羔长成大母羊老母羊的。几岁了，还有多少牙齿没有长出来，我没有数过。人以牙齿长出后直到脱落的数目来决定年龄的大小和老少，羊子是以门牙的长出数量多少来区分年龄大小和老少。"小弯角"和"小拧角"长起了多少颗牙齿，我不愿去看去数。我祝愿它们永远年轻，永远有挤不尽的奶汁。一只只"小拧角""小弯角"，它们长成"大拧角""大弯角"，然而它俩还是各长着一双不再往长往粗生长的"角"。那一对"小弯角"和"小拧角"经历了一年又一年春夏秋冬四季风雨的淋洗和烈日的烤晒，依然灵光闪烁，亮晶晶的油花花的角纹清晰，图案别致。羊耳摇摆时，插入一双精巧的弯角圆孔，弯角仿佛是"小弯角"戴着的一对银耳环、金耳环。宝气迷人，很有些古文物的价值。这也难怪"小弯角"有刘备第一夫人糜夫人的尊称呢？"小弯角"从农历正月二十左右生下小羊羔，喂养小羊羔到了七月尽头还有奶汁。它的奶汁是流不尽的山泉，流不完的沟底长流水。喂养的小羊羔活蹦乱跳。小羊羔吃母亲的奶汁的那种姿态十分好看，动作细微，节奏和谐。完全是在母羊的主动提醒下进行的。小羊羔生下，一般在家中靠人工配合喂养约两个月左右即可随羊群进山了。这个月数天气的羊羔一边靠吃草一边靠吃奶来吸收必要的营养。小羊羔进山吃草，多会紧紧地跟在母亲的身旁。像"小弯角"低低地"峰"叫一声，小羊羔马上高高地尖尖地"峰"两声。这是羊子的语言，是母亲呼叫孩子吃奶的特定的表示用语。小羊羔心领神会，听到母亲的亲切叫声，就小尾巴高翘，左右摇晃，一头钻入母亲的肚皮底下，先是用嘴猛挤几下鼓圆倒吊的乳房，接着两片长嘴噙住一个乳头吸喝起来。小羊羔吸一口奶汁，轻轻地哼一声，尾巴相伴着摇摆一下。母羊呢，前后蹄撑开，不时回过头用舌尖舔一舔小羊羔的屁股，唯恐小羊羔不懂母亲之心之情之爱。母羊越是舔的厉害亲热，小羊羔吸奶的节奏越是加快，哼哼咿咿的声音也越娇气柔气嫩气。小羊羔吸喝奶汁的技巧的确不错，吃了左奶头，再吃右奶头，来回调换，左右开弓，一阵紧，一阵慢，一阵挤，一阵揪。有时吃的时间长了，累了，两只前腿着地，屁股高翘，嘴叼住奶头不吃也不放开，蒙住眼睛，享受着母亲舔自己屁股和背毛的舒服。

小羊羔吃母羊奶汁的情景使我惊讶、羡慕、陶醉，更诱导了我童心的骚动不安和一种无法说清的惑乱迷离感。我盯着小羊羔吃母羊奶汁的神态，先是眼馋得流口水，后是低下头委屈地用手指甲拧自己的大腿肌肉……

晌午的日头真毒辣。农历五月的天旱季节，头顶的太阳更似火盆戴在脑袋上一样难受。我头上的秃疮一直没有痊愈，五天之内不用热盐水洗一次就会恶化流脓。到了伏天，若不及时洗擦，恶化流脓散发出来的味道比屎尿更熏人。到山梁草地放羊的最佳时辰是晌午。日光照到地皮，草根、草茎、草秆上含有油性、脂肪、铁元素、钙元素等各种营养的物质就都凝结到草叶。这个时间内的任何草种，羊子最喜欢吃，吃了羊子长得快，肥壮，肉香，还抵抗疾病。"夏放羊子顶日头"的顺口溜源出于这个道理。羊子是满意了，放羊人却受到了日头的煎熬。我经历过这样的无数次放羊场面。日光烤晒得秃疮痛，肚子里缺少东西嘴渴喉咙疼，羊羔子吃母羊奶汁爱得我眼珠子疼。有一次，我实在支撑不住了，突然脑袋发沉，眼睛发昏，栽倒在一株柠条下，鼻孔流血，嘴里像塞阻着一块火炭，说话都疼得发不出声音来。不远处的爷爷看见我栽倒了，忙跑过来扶我坐起来。爷爷知道我这是怎么一回事，一边埋怨我不听他的话，上山顶放羊，晌午怎么把装水的瓶子放到了沟底的石岩下，一边忙吹口哨把正在喂小羊羔奶的"小弯角"哄过来。

爷爷把"小弯角"的一只后腿提起，让我噙住"小弯角"的乳头，他用两个指头使劲挤捏着，教我吸喝羊奶汁。我按爷爷说的吸喝羊奶汁的技巧去做。我吸一口，咽一口，再吸一口；一吸一咽，一咽一吸，反复吸，反复咽，不紧不慢，吸咽协调，将一口一口的白奶汁送入肠胃，那奶汁清凉透肺，香油甜畅。"小弯角"的乳头，尖长绵细，软软的，舌尖贴住上部，一松一紧，吸、抽、抿、挤、喝，我把全身的功力凝聚到舌与唇部位，奶汁源源地被输送到身体的各系统。我的口渴止住了，鼻血不流了，神志清楚，浑身涌动着暖流，不热不燥。像这样的吸喝羊奶汁的事情不只三次五次，而且还是在高山顶上直接用嘴叼住羊乳头吸喝。我也是一只小羊羔。我与羊子的感情就是在这种生与死的环境中建立起来的。因而我对放羊的诸多学问都是自己从放羊实践过程中总结出来的。"冬放羊子绕村头",是因为冬天山里没有青草,羊子跑远路不但吃不饱,还会拖垮身体。与其让羊子到远处寻觅,不如留有足够的时间啃吃村子附近的草场。冬天放羊不宜远走,这是一条经验。"春放羊子打住头",是对冬天放羊的经验又进一步做了说明。初春,百草刚刚吐出嫩芽,正是诱导羊子跑青的时节。这个时候,去冬的干饲草将要吃光,而春天的小嫩草又不能满足羊子的肠胃。在这种情况下,羊子吃旧草没味,啃新草没草,最容易在春天的奔跑中拖垮身体。"秋放羊子转田头",道理非常明白。收秋开始,田里总有丢失的庄稼,让羊子捡吃扔掉的粮食,也是一种补收的措施。我的这些放羊学问,应该归功爷爷带我放羊喝羊奶的劳动。

总之,放羊有放羊的乐趣。至于喝羊奶,特别是用嘴咬住羊奶头喝羊奶的那种感觉真是太舒服太快活了。我忘记了婴儿时吃母亲奶头的整个过程以及那种吸喝奶汁所产生的幸福感,可我永远没有忘记在大山里吸喝"小弯角"等一只只母羊奶汁的情景。(多少年过去了,每当我回想起在青阳岭吸喝羊奶汁的那种生活,好像我的生活中总有那么一只"小弯角"母羊在伴随着我。人,无论到任何时候,都不要忘记过去。忘记了过去,意味着背叛。忘记了过去,等于葬送了历史。人,是应该顺应潮流,到什么山上唱什么戏,但为人奸猾,毫无立场地丧失气节,走一处换一副面孔讲一番违背过去的鬼话,做一些拍卖良心灵魂的勾当,到头来总是不会有好结果的。我想我至今还像一个放羊孩童那样对待现实生活,这与在青阳岭大山里吸喝"小弯角"的奶汁有着关系。)这也是后话。

我头顶的秃疮逐渐好转。有的已经成为"电光"的地方竟然也萌生了黑发。我内心掩饰不住一阵一阵的兴奋。

1969年,我13岁。

爷爷的脸颊又消瘦了许多,皮肤焦黄得难看。爷爷再次经受了一次失去亲人的痛苦。我的大妈去世了。大妈是因生孩子难产而导致引起产后受风死亡的。大妈四十几岁。生了四男三女,除了大女儿、二女儿、大儿子成家外,还有三男一女留给了大叔父。大妈的二儿子比我小两岁,三儿子、四儿子还是刚刚会走路的幼童。大叔父肩膀头压上了一副沉重的生活担子。这担子也把爷爷的腰压弯得直不起来。对于爷爷，手心手背都是肉。在我从城里回到青阳岭村的这些年来，爷爷经历了母亲的离婚、奶奶的病亡、大妈的死去这样三次致命的打击。尽管爷爷儿孙满堂，还有了曾孙子、曾外孙，但是在连遭失去了亡妻、亡媳，还有子散的打击，精神的支柱开始了无法弥补的倾斜，尤其是父亲，这个二儿子，似疯而非疯，飘忽不定，事业无成，又造成我的失学，这些所有的不幸事情加重了爷爷的精神负担。不仅如此，三叔父近来又得了一种叫"羊癫疯"的疯病。有几次，三叔父吃饭时，突然把饭碗扔掉，浑身发抖，双眼珠大瞪，手脚一伸一收，口吐白沫，就晕了过去。全家人总以为三叔父没有救了，哭天叫地抢救一番，才把三叔父救活来。三叔父患的这种病，隔三十天、四十天发作一次，每一次都把全家人吓得大哭大喊一场。

叔父们也请来医生给三叔父看过病，医生说"羊癫疯"目前在全中国、全世界也没有治疗的好法子。还说这种病不算病，过那么几分钟就没事了，和好人一样。为此，爷爷认定，三叔父患的一定是鬼病，大叔父他们也这么认为。就在三叔父患了"羊癫疯""鬼病"不长时间，大妈生孩子导致死亡的不幸事件也发生了。

小山村的宁静被搅了个天翻地覆。首先，由大叔父、三叔父商定请了位据说是法术很高明的"神官"来给青阳岭村彻底整治"鬼病"。从人居住的宅院、牲畜的棚圈、上山的道路、院落生长的树木，直至我家的三座坟墓，一一地进行了详细测探、审定。最后，"神官"做出了两项权威性的决定，一是认定青阳岭村子底下的深渠必须填平，否则，洪水将会把全村的风水宝气冲洗得干干净净，"毛鬼神"还会伤害更多年轻的生命；第二条是我家坟里我的瞎眼奶奶快要转生成"墓虎"，要马上挖开坟墓重新安葬，进行火化尸骨，不然的话，我奶奶在阴间思念亲人，就会经常在夜间跑回村来寻找儿孙们。

一场敬鬼闹鬼的悲壮荒诞戏在青阳岭上演着。很快，早已腐烂多年的奶奶的白骨被挖了出来，并被浇泼上煤油，投进柴炭堆里，点火烧化。我的奶奶活着时，我不懂得孝敬她，即使她患有绝症到了最后的死期，我都不会对她说几句安慰的话。白骨还能再复活吃人，奶奶的魂灵有这么大的威力。我被弄糊涂了。可是，爷爷就是相信，为了让我们这些孙子活得幸福，他无情地绝对服从"神官"的安排，把奶奶的尸骨烧化成一堆灰粉重新埋入深土坑。我亲眼看见，这一次埋葬奶奶的骨灰时，还请了给我当过老师的石曹峀村乔天明老阴阳。老阴阳如今不教书了，靠偷偷地埋死人挣几升米过日子。我奶奶的坟墓里埋入许多"镇物"。如：瓦块、桃木牌、五色线、柏木枝、炭、黄纸老虎、石榆刀、石榆弓、枣木斧……老阴阳说，这么多"镇物"不要说是一个一般的"墓虎"了，就是"阎王爷"也休想抬起头来。至于村子底下的沟渠影响着村子的风水这个问题好办，按照政府的号召去办就是了。因而，刚刚兴起的"农业学大寨"运动在青阳岭开展得很是轰轰烈烈，根本用不着公社的干部催着打坝修田。

　　我参加了打坝修田的战斗。主要时间是在上午羊子还没出坡之前。我对"愚公移山"的寓言还是有所了解的。爷爷就是老愚公，他带着他的子孙挤时间，早晚会战，仅四十天就在村子的沟底渠，从前至后一公里的狭小范围内，接连打了五座土坝。这一举措，生产大队报到公社，公社又报到县作为经验受表彰。爷爷的眉头好像在这期间有那么几天减少了几片愁云。但是，秋收快要结束后，爷爷又因为父亲回来后，与已经长成为大人的四叔父大吵了一架的事而生气，使爷爷的神经遭到严重的挫伤。四叔父批评父亲这些年来不务正业，游手好闲，不光不关心爷爷，还把自己的儿子扔给爷爷和他抚养，是不忠不孝。而父亲训斥四叔父忘恩负义，若不是他小时候天天背着四叔父掏苦菜吃，四叔父早饿死了。如今他"革命"暂时受到了困难，四叔父理应好好劳动，供养他的儿子林林上学才对。四叔父和父亲俩人大吵大闹了一场，差一点儿动开了武，气得爷爷直喊我的老爷爷的姓名，拿菜刀要自杀，这才平了一场风波。

　　父亲一怒之下，把我带回了石曹峀村。我又一次上学读书了，而且是直插五年级班。石曹峀村的学校始终是不停地换老师，老师像走马灯一样，半年就换人。父亲经历了这些年的"革命"风暴洗礼冲刷后，疯病随着年龄的增长似乎是有所好转了。他不知什么时候两鬓长起了白发。他每天晚上睡下伏在枕头上，拿一只羊后腿骨头和弹壳制作的水烟锅抽个不停。窑洞被烟笼罩得灰蒙蒙的，呛得我淌眼泪。父亲抽一阵子烟，叹一阵子气，又自暴自弃发牢骚。他大骂这几年又白闯荡了，上了人家的当，什么也没捞到，还差一点儿挨枪子送了命。他大讲他的"14岁"，从14岁参加革命工作到33岁，党政军都混遍干遍了，下过乡，打过仗，坐过办公室，给县太爷提过夜壶、倒过茶，当过老师，种过田，又造过反……父亲从天空回到了地平线。面对石曹岙村一道一道的黄土崄，他抚摸着我的秃头淌出了酸楚的泪水。他原是很革命的，历来是跟形势跑的积极分子，对辩证唯物主义比较推崇。这次他回来还带了一本《世界上究竟有没有神鬼》一书。但是，他看着看着发出了难听的狂笑声，接着是一声接一声的悲叹，命，命运哇，这是天数。人的一切升官发财，荣华富贵都是命里注定的。这世界上的事情都是由命运来决定好坏的。父亲的观点与爷爷的认识没有什么区别了。我发现，父亲不知从哪儿搞来那么几本"黄纸书"，在夜晚的油灯下偷偷地认真阅读，我问父亲看的什么书，父亲神秘地笑笑地说："红宝书。小孩子，问这个干什么，好好读你的课本就是了。"过了几天，我才发现父亲看的书是"毒草"之类的禁书，其中一本还是过去看的属于"四书五经"中的《易经》。父亲只对我悄悄地叮嘱，不准出去外面乱讲，讲了父亲要坐禁闭，挨枪子。父亲说他看的是"天书"，看懂了"天书"，可知世上前一千年、后一千年所有发生的事情。

我的父亲，比我的爷爷还更信仰天命了。我不想去看"天书"，也不能只背"人之初，性本善"。我有了属于我的书。除了背"语录""老三篇"，又加了"五篇哲学著作"。老师也偶尔给我们讲唐代的那几位诗人，李白、杜甫、白居易……那位女老师讲，西汉时，陕西韩城出了个很了不起的人，他著了一书名为《史记》的巨著，共130篇，52万6千5百字，这个能人叫司马迁，他是被阉割了睾丸而写成那本书的。在我们神木县，北宋时出了个杨继业，他18岁时闯太原，领兵挂帅打仗，他生的8个儿子个个文武双全，德才兼备，杨家的女将穆桂英、杨排风打仗可勇敢哩……那女老师还讲，在近代，外国有许多许多大能人，他们叫哥白尼、居里夫人、爱因斯坦、培根……他和咱中国历史上的张衡、蔡伦、祖冲之、沈括一样伟大，揭开了人类生存地球的秘密和宇宙天体星辰运转的奥妙……女老师还讲，月亮上并没有嫦娥和玉兔。那是一颗围绕太阳系运转的行星，离地球38万公里……天上发光的星星叫恒星，有牧夫座、狮子座、金牛座……北斗七星中最明亮的那颗叫玉衡星……

我的头脑里又塞进了新的东西。迷信与科学在争夺着人的市场。只有学校是一片神圣的净土。我在石曹岊村又念了不到3个月书，由于家中锅里实在没有做饭的米，父亲只好把我又带回青阳岭交给爷爷和四叔父。父亲告诉爷爷和四叔父，他出去给人家工程上做工挣钱，回来给他们交抚养我的生活费，他挣了钱，还要供我念书。父亲还对爷爷神秘地偷偷地讲，他最近也看了"天书"，林林这小子的命不错，将来大有前途。他要培养林林上初中、高中、大学……对于父亲的这番新的高见，爷爷和叔父们都表示了极大的关心，尤其是爷爷，他把父亲那本"天书"看了几遍后反训斥起父亲来，说"天书"是不可泄漏的。泄漏"天机"，要触犯"天条"，会受到上天的惩罚。

对于这一次我回青阳岭村居住，不光是爷爷高兴，而且四叔父也表示了同意。

这年冬天，青阳岭村发生了一件让爷爷高兴的事情。爷爷给四叔父娶过了媳妇。四叔父的媳妇是一个不识字的姑娘，模样挺秀气的，什么家务活儿都会干。我叫四叔父的媳妇为四妈。四妈是用生产队的一头毛驴驮回青阳岭的。娶回四妈的当天晚上，我看了闹洞房的全过程。半夜里，闹洞房的人都走了。仓上村有几个和四叔父相好的青年拉着我去"听门"。他们用舌尖舔开窗，借助里面烛光，偷看着四叔父和四妈在干些什么事情。他们让我看，我说有啥好看的。他们讥笑我，"不看？不看将来娶过媳妇做什么用？当'母绵羯子'站着？嘻嘻，傻小子，没灵性，就知道吃羊奶子。知道吗？人奶奶比羊奶奶好吃得多了，甜甜的。你不想吃？傻小子。"他们用力一推，把我推在门框上，双扇门朝里"哗"地开了。我跌进门槛里。正准备睡觉的四叔父和四妈被这突如其来的袭击惊吓得跳起来。他俩看着我，喜怒皆有。四叔父训斥我："你也是疯子？你跟这些人瞎起哄啥，没出息。"

我真是又羞又气，爬起来，跑出门外，躲在墙根的黑影下偷偷地抽泣。我抬头遥望天空一颗一颗的星星寻找着属于自己的那一颗。因为爷爷始终认为，地下的每一个人天庭里都有属于自己生命的那一颗星。若那一颗星一旦坠落了，这个人就在地球上不存在了。凡是命运好的人，天庭里就有一颗很明亮的星伴着自己在地下生活着。那颗星就会照亮自己怎样走路，永不栽跟头。哪一颗是我命运的星呢？爷爷讲的怎么和女老师讲的有关星星的故事内容不一样呢？爷爷和父亲都爱看"天书"，都认为"天书"是世界上最好的书。"天书"里怎么会有我的过去和未来呢？父亲这回走时，爷爷把"天书"要下自己看。我看得出来，爷爷看"天书"比父亲的劲头还足，而且看到高兴处时总是说话，连连地点头，按胸脯。有几次爷爷对着"天书"看一看，又握住我的手瞧一瞧，摸一摸，捏一捏，好像又在我的左手掌上寻找到什么值钱的东西。爷爷对我左手掌的每一条肉纹都看得十分仔细。爷爷对我的眉脸也反复审个没完没了，对我的眉头、鼻子、耳朵、嘴唇、脸腮、上额、下额……一一地进行系统检查。我真搞不清楚爷爷这是为了什么，怎么也和父亲一样，有股邪气，非要把我同天上的星星拉扯在一起不可。

难道那本"天书"真的讲的都是真话真事，我与天上的某一颗星一定有着性命相关的瓜葛？我擦干净眼角的泪水，静悄悄地躲开还没有睡下而在院子内走动的那些赶来参加四叔父婚礼的人们，尽量不再去想偷看四叔父和四妈洞房时遭受的羞辱。我觉得经历了刚才的一幕，我一瞬间又往大长了半个脑袋。我突然感到下身的"牛牛"火热热的发痒，第一次在经受了外界的强刺激后，有一种挺拔无比的力量冲动起来。眨眼间，心窝一阵火热热的，脸部烧烤得发麻发痛。是天上属于我的那颗星作用的力量吗？我低下了头。我悔恨不该上仓上村那几个后生的当，听什么"门"，四叔父和四妈的"门"是我听的吗？我真傻透了，白吃了那么多"小弯角"的油奶奶，还算啥五年级学生……

还是这一年冬，还有一件事情也让爷爷的眉头增加了几分喜色。小姑订婚。未婚女婿是离青阳岭村50里外的黄河岸边一个大村子的后生。小姑虽然还没有被人家用毛驴驮走，可是我明白一个道理，小姑快要远离开青阳岭村了，她要和外村的一个小伙子入洞房，结合成新的家庭。四叔父的结婚和小姑的订婚，用爷爷的话说，这是他一生中完成的最后两件大事。爷爷还对仓上村来看望他的那些同龄老年人讲，他这一辈子活得不怎么好，可也不算坏。不怎好是四个儿子两个女儿，没有一个有出息的，能走出青阳岭的大山。原是把希望寄托在"老二"身上，想不到"老二"太不争气了，瞎吃了 10 年"皇粮"；说不算坏是留下了自己的根，四个儿子三个给他生下了孙子……他还说他对不起一只眼的我奶奶，从 15 岁把她娶回来，让她到 50 岁得了要命的病死去，都没有带她到另一个村子串过门儿。爷爷还对那些老汉们说，他的 4 个儿媳妇最好的是我母亲，长得俊，念过书，还是个女秀才，当过老师，吃过公饭，见过大世面，是我父亲这个"老二"太不争气了，硬是把一个好好的家庭搞失散。唉，女人哇，年轻的时候，谁没有一点儿错，哪个家的锅底不抹黑。二媳妇离了，走了；大媳妇死了，走了；瞎眼老婆死了，走了；走了的就让他走了吧，活着的总不能离开这个地方都走了吧。

爷爷对大妈的评价也很高。这话是爷爷教训三叔父过日子不太俭朴时，我亲耳听到的。三叔父来连是个直性子人，比我父亲小两岁。他 24 岁娶过三妈。三妈当时只有 16 岁。三叔父会吹笛子、拉板胡、二胡、弹琴，有音乐艺术的细胞，没有音乐艺术的才能。他没有念过一天书，是爷爷给他教会几个五谷杂粮之类的字。我刚回到青阳岭村的那几年，三叔父经常跑口外。据说他也到过很远的地方。三叔父去过的那地方叫"西口"，有牛羊在草原上吃草，有骏马在草原上奔驰，有酒香在蒙古包里回荡……那些年，三叔父见我和考考、虎堂、文文这些毛孩子不怎么提他走"西口"的新鲜事。那时，因为我们太小，什么也不懂。这几年，随着我们的个头一天比一天长高了，我们围住三叔父坐到院子内老榆树下缠住让他吹笛子，他先吹上一段什么《打樱桃》后，拍拍胸脯，就吹开了他当年走"西口"的光荣史。三叔父神秘地挤着眉讲，"西口"那地方，美得美死人了哩。红马的屁股光溜溜的，耳朵尖细细的，尾巴毛红绒绒的，四个蹄蹄跑起来，那真是一阵风，眨眼间 40 里的平川打一个来回。你们猜，这叫什么马？嘿，这叫"千里马"。吠，还有比"千里马"跑起来更快的"马"，好长好长的，有一里多路长，能骑一千多人。这匹"马"头上还冒烟，"呜……呜……呜……"地吼呢。这"马"还不吃草，不吃料，刮风下雨挡不住路。三叔父把这匹"马"吹得神乎其神，叫我们猜，谁猜对了就是好孩子，谁猜不对，就是笨蛋。其实，我们几个弟兄还没等三叔父说完就都猜出是什么了。考考、虎堂念四年级，文考念三年级，像考考虽不爱念书，四年级学生还不会查字典，可也在课堂上听老师讲过那匹"马"是啥东西。三叔父也太小看我们了。他越是说得玄乎，我们越是假装不懂。我说那"马"是一条很长很长的蛇。三叔父说，对，那"马"就像一条蛇，走得好快好快，从包头到呼和浩特也就是拉屎的工夫就到了。"咻……咻……"我们都被逗得捂嘴笑。三叔父兜了半天圈子，还是自个揭开明白着的谜。他说这"马"不知为啥叫"火车"，全是用一间一间小房子连起来。人坐到里面好舒服，有饭吃，有水喝，坐了一回，还想坐第二回、第三回……那里面打扫卫生的姑娘长得一模一样，脸皮儿白得像白纸，手背儿嫩得掐出水来，说话的声音好听得叫人耳朵里声音响三天……

　　三叔父就这么个人，与我们这些侄儿子也不分个辈数，说些尽叫我们害羞、脸红、破笑的趣事。三叔父还有个毛病，同我父亲的毛病一样，嘴馋，爱吃肉，爱吃好东西。每逢节日，父子生产队宰羊分肉，他主张多宰两只，一定要多吃几斤。他一顿吃两碗白面，足有二斤重干白面粉。不过，三叔父也很有力气，满满一口袋一百几十斤重的湿羊粪，不换肩膀头，抽一锅旱烟的工夫，就从村子的羊圈门口扛起直走向头顶山梁地里。可是，自从三叔父患了"羊癫疯"后，那种欢快、直爽的性子逐渐在改变，他和我们这些小侄儿子们没分没寸开玩笑的趣事也就少了。三叔父已经显得很苍老，虽然才30岁出头，比三妈大8岁，可三妈在他的面前就像他的一个女儿。23岁的三妈也是个多子女的命，已生下一男两女。三妈本是个会过日子的穷人家的姑娘，长副丽质的白圆脸，秀气气的，特别会种老南瓜。只因嫁了三叔父这个能吃爱吃的男人，对过日子也就慢慢地手脚大起来。本是五天的米面，不到四天就吃完了。结果，三个儿女吃不饱肚子就往爷爷的饭碗里伸手。爷爷的饭碗沿，抓着的都是孙子们的小手，哭的哭，叫的叫。爷爷心疼着孙子，爷爷嘴里骂着儿子。骂我的父亲，骂我的三叔父，也骂我的大叔父。骂得最凶的是我的父亲和三叔父。父亲不在身旁，骂不成了，火气就对准了三叔父。"好你个'老三'，也学'老二'，有米一顿，有柴一炉。哼，'老二'一个儿子，十几岁了，快拉扯大了，你小子拉扯的一破窝，再生两个孩子，这日子怎么过，肉好吃？面好吃？酒比肉还好吃好香。'老二'山珍海味都吃过，没那个福气。吃的连一个儿子都让老子养活着。你个灰'老三'，你看看你大嫂活着时，过日子多仔细，每顿饭都拌苦菜，三天的口粮能吃四天。一盒火柴能用一个月，大路上碰着一根柴都捡回来，吃山药蛋都不剥皮，碗底不剩一颗米，都用舌头舔得干干净净……'老三'，你和'老二'也太不争气了，你怎么就又偏偏得了个'羊癫疯'……"

大妈活着时，我很少听爷爷当面夸赞她。大妈死后，爷爷对大妈妈的怀念变成了对其他儿子儿媳的指责和教育。爷爷疼爱大叔父，尽管大叔父已经是40出头的人了。这个年龄，在医疗技术发达的城市和生活水平好的地方，还是一个人的年盛时代，而在陕北的青阳岭小山沟里，40岁的男子就已经黄土掩到了胸脯，太阳正在往西山坠去。大叔父看上去像个60岁的老头。其实，大叔父是爷爷的长子，爷爷16岁生的他。在奶奶生了大叔父后，中间还生了几个孩子，一个也没有活下来，父亲是奶奶生了大叔父8年后活下来的第二个儿子。父亲活了，以后生的三叔父、大姑、四叔父、小姑就一个一个都保住了命。大概因为这个原因。爷爷认为父亲是个有福的孩子，才让他14岁去参加革命，也给青阳岭村的祖宗先人扬个名。大叔父和大妈一样，过日子更会精打细算。他对肥料看得比粮食还重要。我跟着爷爷放羊这些年，不知多少次见他提个粪筐拾狗粪、牛粪、羊粪球，大叔父有一句挂在嘴角上的话，捡一颗羊粪球，就是拾一颗山药蛋，圈里的粪，碗里的米，谁也离不开谁。大叔父对我父亲和我三叔父的好吃好喝一贯是看不惯的。他每见虎堂跑到爷爷家要饭吃时，就吹胡子瞪眼睛，骂虎堂也不看天阴天晴，爷爷的碗里能喂饱我们这么多雀儿？大叔父嘴上这样寻找平衡，摆动出长子的高姿态，可实际上心里有怨气，同样的儿子，爷爷以前对"老二"好，给"老二"

抚养了这么多年孩子，现在又对"老三"吃偏饭，再过一两年，"老四"有了娃娃，爱心又转给了"老四"。大叔父的心窝里是塞满委屈的。不过，他也能体谅爷爷的难处。自古以来，老人的心都是肉长的。做父母的把小的亲大养大，又去亲小的往大养活小的。大叔父该体会到这一点。因为他如今已经是做爷爷的人了。大叔父的大儿子娶过媳妇，已经有了刚出生几个月的小宝宝。出嫁了好几年的大女儿早已是做母亲的人了。大叔父已步入老年人的行列了。

然而，在爷爷的面前，大叔父始终还是一个孩子。爷爷有说不清的许多牵挂。一个完整的爱心球体被切割成零乱的碎片。爷爷对大叔父也有好多地方不放心，首先是在这棵树上吊着几个不成事的孩子。虎堂、虎堂的三弟、四弟，这三个孙子谁来照料。大媳妇也走得太匆忙了，怎么把这么小的孩子就狠心往下扔。"大媳妇哇，你怎就把这副担子甩给'老大'一个人走了？你知道'老大'如今过得多苦……"

爷爷这些内心的话，通过与仓上村的老年人和经常来青阳岭村的那位乔姓家族老女婿的拉话，时不时地灌进了我的耳朵里。我母亲的离婚而去，造成的是爷爷心疼我一个孙子。我大妈的病亡，带来的是爷爷的又好几个孙子失去了母爱。爱孙子、疼孙子，就想起了儿媳。所以，爷爷有时表面是在夸奖大妈活着时怎样会过日子和勤劳持家的琐碎事情，潜在意思是提醒三妈和四妈好好地学会怎样过日子。在以爷爷为首的这个大家庭里，爷爷手里就如同端着一碗水，不可出现太大的偏差。否则，一碗水就会全泼到地下，弄得不可收拾，而可能造成这碗水失去平衡泼出去的危险的来源就是他的孙子们。我越来越认识到，我将是造成这碗水失去平衡的主要冲击力。

爷爷对我的偏爱越来越明显化。他要用"天书"里的标准和所期望的那样来做好长期供养我的准备。在这个大是大非的问题上，爷爷和父亲的认识是完全一致的。我不懂那本"天书"里到底是对我怎样要求的，怎么竟使爷爷产生了那么大的兴趣。我问爷爷，"天书"里有没有对考考、虎堂、文文他们的"天机"呢，爷爷诡秘地说这也是"天机"，不可乱问。爷爷大约每隔三五天都要审视一番我的左手纹。他的这一异常举动，引起了大叔父、书权"老老"、三叔父、四叔父、三妈、四妈和全村人的惊讶。开始,叔父们也没当回事,以为那是哄着孩子玩。可是,他们逐渐觉得爷爷自从看上"天书"后,对我的宠爱表现得比过去更亲热了。叔父们对此不以为然,反正林林也没有白吃爷爷的饭。眼下,爷爷老了,我能回来跟爷爷一起放羊,是爷爷最好的帮手。不料,一件不大不小的枝节事情的发生,引发了一场风波。

问题就出在有关"天书"与我的左手上。这件事发生在深秋,地里的庄稼还没有收割。这天,我和爷爷赶着羊群到村对面的山梁放羊。山梁的阴背面,有仓上村好几家人家的自留地。自留地里的谷穗金黄金黄,一串一串随着秋风摆动,波浪般的。自留谷子地旁,是集体早已收割了的一块空糜子地。糜子地里杂草丛生,结籽的草沉甸甸的,是羊子的最好饲草,羊子赶入空糜子地里老老实实吃草,点缀得秋天的田野特别好看。"大拧角""大弯角""大草角""鬼四面""花脑星""白毛""卷毛""小弯角""小草角"……它们一个个争食、摇尾、刨蹄、峰峰叫唤。

羊子吃收割剩下的半截子秸秆,牙齿声磨得"沙沙"响。望着秋天羊子吃草的画面,爷爷从怀里掏出那黄麻纸质的"天书"。爷爷把我拖在一个梯田场坎下,背靠着场坎,给我算命。爷爷投入全部注意力和智慧在为我未来的命运寻找灯塔。我憋住气,两眼盯着爷爷脸部的神态,一句话都不敢问。唯恐道破了爷爷所说的"天机"。

头顶的太阳慢慢地西沉。山雀叽喳着从这一片田野飞到另一片田野觅食。秋天的山风吹拂得头额凉飕飕的。不时有羊子峰峰的叫声。我感到心窝沉闷得难受。爷爷看手纹也太仔细了。手纹里能看出我的一生祸福?我迫切等待爷爷开口有个说法,别再浪费时间了。我从石曹峀学校带回的五年级算术课本,除了老师教过的那部分外,剩余的内容我看不懂。"天书"中的内容看来要比别的"黄麻纸书""五篇哲学著作"难懂得多。

"喂……喂……"

"谁放的他祖宗哇?怎把他祖宗赶到老祖爷爷的自留地啦?"

喊声、骂声从不远处的山头传来。我惊恐地跳起来。爷爷大吃一惊,"呼"地站起,把"天书"塞入怀里,看着几只羊子跑入个人自留地吃谷子,一下子傻了眼，急得直跺脚，似骂羊似又骂自己："唉唉唉，没脑子，这这这……"

谷子地里已经有人正在往出追赶羊群。显然，人家已经知道是谁放的羊子了。有两个与爷爷同辈的但年龄比爷爷小好几岁的老头边跑边骂爷爷："老不死的，没长眼、操的啥心？你让羊子吃了我们家的谷子，叫我们吃西北风？"

我替爷爷难过，着急，放快腿抄着羊鞭直扑谷子地，追赶着贪吃谷穗的羊群。我打了"大拧角"又打"大弯角""花脑星""小弯角"……一个个我的最亲爱的伙伴被我用羊鞭打的号叫着跑出谷子地。那三家谷子地的主人又气又疼，围住爷爷指指骂骂个没完没了。多亏在另一个山头收秋的大叔父他们看见了，跑过来才平息了风波。

爷爷一个人承担了责任。答应给每家受损失的户子赔偿谷子一斗，折合38斤。事后，大叔父和三叔父知道是因爷爷给我看手相算命不留心，致使羊子吃了人家的谷子，他们当着爷爷的面没有说我什么，反单独把我叫到院子内的老榆树下，从头至脚数落了一顿。他们说，男孩子不吃10年闲饭。15岁的男人领家事。言下之意是，我13岁了，是属于大人的人了，本来可以独立放一群羊子，看在爷爷的情面上，青阳岭的叔父们才把我收留回来。他们还埋怨我，别像我父亲那样不知天高地厚，读啥书，读"天书"就有个好命，当大官的命？咱青阳岭的坟里没有埋进那个做官的鬼。这么大的孩子了，好好学着种地、放羊。知道吗？一心不贪二用，放羊就放羊，缠住爷爷识啥字、看啥"天书""地书"的。"呸，你要能成个龙的虎的，老子们还不高兴？全盼不得。可惜哇，咱青阳岭的老坟里没有埋进……"

大叔父和三叔父认为我家的坟里没有埋进做官的鬼，因而我读书也是瞎读白读。他们明确地宣布，若我父亲再不管我的生活，我要在青阳岭长期住下去，就要替爷爷放羊。他们的话是有道理的。我又不是不替爷爷放羊，爷爷老了，我还能不明白。我心里的委屈不能说。

直到秋收结束，进入冬天，爷爷还是不停地讲有关"天书""黄麻纸"书里的人和事，并对我的重新念书一事一直挂在嘴上。

也就在这一年秋冬之际，爷爷和四叔他们听从到马镇赶集回来的三叔父说，我姥爷病逝了，我母亲已嫁了一个男人，是马镇供销社的主任，名叫郭应华，是延安时期参加革命的老干部。我终于又听到了母亲的消息。（郭应华就是我后来的郭伯伯，我母亲和他共生了三个女儿。这也是后话。）

1970年，我14岁。

过老年的时候，父亲回来了。他还真挣了一些钱，给了爷爷10块，带着我回石曹岊去过老年。过罢老年后，到了正月十几，小姑被人家用毛驴驮着娶走了，给人家去做媳妇了。我吃了小姑出嫁时的喜糕。又过了十几天，到了古历正月底，石曹岊小学开学，父亲给我报了名，我还是读五年级。据说，下半年我就小学毕业，还要考初中。爷爷和父亲商量后，两个都很高兴，对着"天书"翻来翻去的，活像一对疯子，冲着我命令似的喊："林林，马上回石曹岊学校上学，你快要升学考试了。知道吗？考初中，就是考小秀才，离大秀才、举人的座位就不远了。知道吗？灰小子，曹操是谁来哇，'大拧角''白肚皮'是谁哇，是不是董卓？嘿嘿嘿……灰小子……"

我的爷爷，我的父亲。

也许，他们做的是正确的，以至影响了我的整个人生……

从青阳岭到石曹岊，十里的土路，十里的弯弯曲曲的小道。青阳岭在东，石曹岊在西，属一个山脉地域。青阳岭离黄河路近，石曹岊靠窑野河东岸。两个村庄，一小一大。青阳岭原本不叫青阳岭，没有树，没有村，光秃秃的一道岇，唯有沟底石岩有一清泉喷涌，手指头粗细。相传在乾隆年间，我的老祖宗的老祖宗曾在这光秃秃的山血开荒种田。有一年夏季，天旱得似火盆，地畔的小草都被日头烤晒得伏地打卷挣扎。我的老祖宗的老祖宗戴个草帽，从沟底提了一小罐凉水，吃力地走上山岇，正准备把装满凉水的瓦罐递给他怀孕的媳妇，让她解口渴，好顶过暴晒，继续用镰头开荒修田。正巧在这时候，从山岇的西南大路上走过十几个人来，其中还有两个骑马的。他们全是商人打扮，一个个热得喘气，嘴唇发干，连说话的声音都听不清。我的老祖宗的老祖宗和媳妇一看就知道他们是过路的行人，一定是来要水喝的。他俩传递了眼色，急忙把瓦罐送到他们中间的掌柜的手里。那掌柜的高大，肩宽，脸皮白皙，接过瓦罐就"咕咚、咕咚"喝了两口，然后抹着嘴唇的水珠，打量着这对年轻的夫妇，猛然"哈哈"大笑不止："美哉，美哉。这是什么汤哇？这个地方叫什么哇？"掌柜的开口了，又是询问又是大笑，招引的那十几个相伴的人围着他俩打量个不停。掌柜的又连着喝了几口，才把瓦罐递给另一个年纪较大一点的相伴，"哈哈哈，真清香凉爽哇，来来来，你们都品尝品尝"。

"掌柜的，不是啥汤，是沟底的泉水。"我的老祖宗的老祖宗向这位谈吐潇洒的掌柜解释，"这个秃峁也没个名，我就叫它秃头峁"。

"哈哈哈，不错，不错，泉水好喝，请再提一罐给朕……哈哈哈……请再给掌柜的送上一罐。"这掌柜的出言吐语，搞得两口子丈二和尚摸不着头脑。"给朕"啥呀，掌柜的大概姓"正"吧？

"行行行，掌柜的，我马上到沟底给你们提一瓦罐就来。"却被那掌柜的拦住了。

"小兄弟，等一等。"掌柜的挤眉弄眼看了一遍他的随行，又是一阵"哈哈"大笑，"看你是个老实的种田人，本掌柜的就告诉你吧。朕不姓正，姓清，清水的清，懂不懂？"掌柜的皱了皱眉头又说，"这个地方叫秃头面，不好，不好，清掌柜的给起个名字怎样？"

"行，就请清掌柜的起个好名字吧。"我的老祖宗的老祖宗觉得这位商人和他的伙计们挺有意思的，就认真起来，把自己家的情况做了简单介绍，说他家住的村子离这儿还有 10 里路，因附近没有土地可耕，又租不起财主的土地，所以跑来这秃头峁开荒。如今，在这里连续开了 3 年，已经开出了 15 亩，先开出来的去年和今年都种上了庄稼，可这老天爷不疼人，硬是不下雨，种进地里的种子长不出苗。

"好啦，小兄弟，清掌柜的还要赶路，我看……"这位自称清掌柜的商人环视一周四面的山峦地形地貌，朝着一位随行伙计像征求意见地问了一句，然后对着他用肯定的口气说道："此地命名为清爷领，从今以后不准再叫秃头面。20 年后，清掌柜还要做买卖到此一游，哈哈哈……"

那些伙计见掌柜的竟真的给这荒野山峁封赐了名，个个惊恐不安，相互傻看，显得无可奈何。我的老祖宗的老祖宗对清掌柜起的这个地名，只感到比秃头峁好听了一些，再也没有啥好奇的。清爷领，是个啥意思？他挠着光头看着媳妇傻笑。那清掌柜的又好奇地扫了他媳妇儿眼，似乎是发现了她凸起的肚子显得不一般，摇了摇头，摸一摸瓦罐，也想起个什么名字。可清掌柜被他的伙计们马上制止住，看得出来，清掌柜的要给开荒的农妇肚子里的胎儿赐个什么名字了，然而，他始终被伙计们阻止着没有能如愿。

出于对这几位过路商人把秃头峁改起名为清爷领的感激，我的老祖宗的老祖宗又到沟底提了一瓦罐泉水装入清掌柜他们带着的水瓶。那清掌柜临告别走时，送了我的老祖宗的老祖宗一张手巴掌大的早就写好的纸片，上面用毛笔写着三个字，压个什么红印。清掌柜的伙计们还对他俩投向羡慕的目光，叮嘱他俩好好地开荒种田，在清爷领住下来。若是清掌柜的他们走了的第三天，也是正晌午，南面的大路上飞奔而来一队骑马的队伍。眨眼间马队就到了他俩的眼前。我的老祖宗的老祖宗和媳妇被这突如其来的扛矛持剑的武士吓得缩成一团。一位将军指住我的老祖宗的老祖宗额头喝问："今天上午见到十几个商人从此处经过吗？敢撒谎，就杀了你。"

"见过，他们……清掌柜他们头三天前就向北面走了。"我的老祖宗的老祖宗被吓昏了头脑，不知因为啥这些清军要追赶那十几个商人。

"妈拉个巴子，敢蔑视我大清朝皇帝爷？什么掌柜的，瞎了你的狗眼。乾隆爷岂敢称清掌柜？来呀，把这臭小子的皮剥了，筋抽了。"

"唔唔唔……你们不能杀我男人呀，我们不知道那个掌柜的是万岁爷哇，唔唔唔……"怀孕的媳妇如梦初醒，终于醒悟了3天前过去的那个把秃头峁改名清爷领的人是谁了。她和她的男人怎么也不敢想已经发生过的和眼前正在发生的事情。

"说，说实话，说明白了，就放了你们这一对傻瓜。不然的话，别怪手中的剑不长眼。"将军对着额头流血的我的老祖宗的老祖宗缓了口气，"见过万岁爷就好，哼，你怎么知道皇上是大清朝的'掌柜'呢？要说半句谎，这个地方就是你俩的坟墓。"将军指着他的队伍炫耀，他们这支队伍是从北京直赶过来的御林军，是暗地里保护皇上微服私访的。

我的老祖宗的老祖宗终于弄清楚了这些队伍为什么要和他过意不去。他一手按着被将军的刀划开的肚皮上流血的血缝，一手从袄兜里掏出那块纸片递给将军，并把乾隆爷路过此处喝水给本地赐名的经过说了一遍。那将军看了纸片，又听了他的叙述后，突然变成了另外一个人似的，慌忙下马，又叫随从给他包扎伤口，并向他两口子赔情，说这是他的职责，为保皇上安全，以防不测。但是，将军最后还是不全相信，要拿走这张纸片，亲自追赶皇上对证，到底是否真在此地喝过山泉水和赐过山名地名。

谢天谢地，只要能饶不死，躲过这一难，要这片黄纸还能顶个啥用。将军拿上那片黄纸片带上队伍朝北面大道走了。

……

后来，我的老祖宗的老祖宗搬到了改为青阳岭的山峁挖了一孔土窑洞住下来。他们生了孩子，一年又一年，种田、植树、养鸡、养羊、修路、搂柴、割草、收秋、打谷……

多少年过去了，他两口成了老头老婆子了，始终没有把年轻的时候奇遇乾隆皇帝的事对任何人讲过。他们觉得皇帝说话不算数，说是20年后还要再来看他们，可是，只走了的第三天就叫他的队伍来收走了"御赐墨迹"，还差一点儿要了他们的性命。他们不理解乾隆皇帝为啥要那样做。30年过去了，乾隆皇帝还记得他们吗？又后来，他们听石曹岇村到过长安、太原府的人回来讲，当年乾隆"西游"时很神秘，谁也不知道，若凡是见过乾隆皇帝的人，不管是发生了什么事情，一旦泄露出去这一朝廷的机密，非死无疑。至于是什么原因，谁也搞不清楚。反正，乾隆出了北京城西行，到山西五台山、太原、过黄河进入陕西、经神木、下延安、长安，又出天水、兰州……一路走，一路玩，结交了不少的好人，惩治了不少贪官，谁没有得到"御赐墨迹"，谁就被神不知鬼不觉地处决了。这样做是为了保密。一是以防乾隆帝外出的消息泄密而引起宫廷有人谋反或沿途暗害乾隆；二是因乾隆好寻花问柳，广交天下民女，闹出许多桃色艳事，有损大清朝皇帝的尊严。

他两口子听了这些早已过去多年的秘闻，暗暗祈祷上天保佑，幸亏那个风流皇帝当时送了一张"黄纸片",不然的话,早就没有命了。他两口子可能在临终时嘱咐了下一代,让一代一代把乾隆皇帝与自家相遇这件事相传下去,从中吸取些教训,得到一些启示。直至经历了嘉庆、道光、咸丰、同治、光绪5个大清皇帝过后的130多年,慈禧抱着娃娃皇帝宣统即将灭亡的时代,我的老祖宗才敢于向人讲他的老祖宗见到皇帝的事情。我的老祖宗把青阳岭村的来历讲给一位老八股秀才,让破译其中的奥妙,老秀才花了好大的精力,就"清阳岭"三个字的产生全过程进行了考证。

清者,显然为大清朝也。阳者,太阳也。而此处的阳,乃大清朝皇帝爷的爷。因地方口语与京都语发音有误,故把皇帝爷之语当时误解为太阳也。换言之,太阳为天地之神,为万物之本,阳为大为正为上为天,又岂不是大清皇帝爷乎?而岭者,其意更明也。山山相通,山山有神,而大清皇帝为地下一切山神之主,其令旨岂有各种山神不遵守乎?再者曰,岭本为领。领,上衣的脖子处,为大为上为天。领不动,袖岂能动乎?由此译来,岂不是曰大清乾隆皇帝统领大军到此一游乎?

不久,清朝灭亡了,清爷领改为了青阳岭。一字失去了三滴水,结束了一个漫长的时代。以至后来又有人传说,若当年乾隆爷喝了我的老祖宗的老祖宗的三瓦罐水,这大清朝的江山就成了铜打铁铸的,真还要万万年呢。就因风流的乾隆只喝了两瓦罐泉水,又不操好心打着怀孕农家少妇的主意,致使他死后176年大清朝就完蛋了。也有人传说,乾隆千不该,万不该,最终就不该给一对塞上的种田青年夫妇赐封一个"清阳岭"的地名。什么都可以馈赠赐封,唯有"大清江山"不能送人。在"清阳岭"的三个字中,既有"大清"又有"江山",只少送一个人哇。若是乾隆给那少妇怀的胎儿也赐封了名,大清的江山就会垮得更快。因为青阳岭就在陕北,是李自成的老窝。大清灭了李闯王,李闯王的真魂不死,一直等待投胎再生,准备着反清恢复大顺朝。好险哪,那个风流皇帝,一个秃头旮旯开荒的少妇有何值得叫龙颜展开的地方,难道怀孕少妇比貂蝉还更倾国出色。

关于清阳岭村演变的传说,直至到了我爷爷这一代,已经是一个很古老又加入神话色彩的故事了。很少有人去考究，压根儿我的父亲们这一代就不曾提起。爷爷偶尔对我说起，似乎还带有几分"天机"不可泄露的神秘感，他仰望着青阳岭村头顶的大山直愣愣地发痴。爷爷是相信不相信，我从来没有问过他。我只知道，爷爷生于1909年。这一年，也正是宣统溥仪皇帝走出紫禁城，从而给大清王朝近三百年的统治历史画上一个沉重的句号的时候。

无论是从那座秃头峁改名为"清阳岭""清爷领"，还是"青阳岭"，青阳岭的山脉的地质结构并没有改变。青阳岭的沟道里长起了柳树，村院挺拔着榆树，荒坡变为粮田，这个功劳也不可能记在那个乾隆皇帝微服私访和给农夫村妇赐封"村名"的政绩簿上。大清朝统治下的陕北小小的一个偏僻山村，不但没有受到因皇帝赐封村名而带来的幸福，反倒是在长达176年的历史变迁中，村子的开拓者和他们的子孙不敢提及此事，像一条漫长的魔影笼罩着小山村的天地。

我家的祖坟共有三座。南梁上有一座。南梁也叫主博梁。这山名起得也怪有趣味。我的老祖宗、老爷爷和老奶奶就埋葬在主博梁。一只眼的奶奶的尸骨和大妈的尸体都在这里安放着。第二座在青阳岭村正面靠左面不到一里的半山坡。这座坟墓很苍凉、古老，连爷爷都不清楚里面埋葬的是些何许人物。反正一大块荒草堆，生长着几株酸枣树，不见墓门烧香纸门楼。第三座坟在石曹峁村附近的一个山头，我老爷爷的父亲和我的二老爷爷埋葬在那里。我家一直没有相传下来的家谱。爷爷只能按我老爷爷口头传下来的，他所知道的讲给我听。我的爷爷的爷爷弟兄三个。爷爷的爷爷埋在石曹峁那座坟里，他共生了两个儿子。我老爷爷为大，我二老爷爷排行老二。二老爷爷这一门头断了后。只有我老爷爷生了我爷爷和我二爷爷。我二爷爷在年轻时跟红军闹革命送了性命，幸亏生下我书权"老老"这个独苗子。到爷爷这一代，是青阳岭人口旺盛的发展时期。爷爷是很有勇气和能吃苦的，生了我父亲他们兄弟姐妹共6人，且还是4男2女，又有一个我书权"老老"。仅我父亲他们这一辈兄弟5个，就使青阳岭村一家人家分成5户人家。至于我们这一代，大叔父已经有4个儿子，连我这个父亲的独生子和三叔父生的两个儿子，截至目前已经是弟兄 7 个了，再加上书权"老老"生的三个儿子，我们这一代正好弟兄 10 人，是父辈们弟兄总数的两倍，而且三妈、书全"老老"家的我婶婶正是放开精力生养孩子的年龄。还有，刚结婚的我四妈说不定今年就生个胖大儿子。

青阳岭的人口发展到了历史上最全盛的高峰时期。儿孙们的突飞高速增长，这在青阳岭村方圆几十里凡是认识我爷爷的受苦人心目中，的确是一件很震惊的大事情。那些上年纪的老者，似乎又回忆起儿时听到的那个有关青阳岭村来历的传奇故事。不过，他们并不把那个传奇故事当成一回事。也许那个放羊老汉上辈子积了德，与送子娘娘有什么亲缘，才生养下那么多儿孙。

面对这么多儿孙和青阳岭村的新发展，爷爷的内心深处越来越有一种萌发的欲念在跳动。他对青阳岭村正面靠左面半山坡地那座不知埋葬什么祖宗的坟墓越来越产生了好奇。爷爷对我说，这座坟里埋着的全是疯男人和疯女人，也不知是青阳岭村的哪一辈哪一代创业者。他们为何都是疯子，怎么死的，谁又是他们的真正后裔，无人可知。这座荒芜的坟墓，坐落的位置背靠东，面向西。若把今天的青阳岭头顶的大山比喻为当年的秃头峁的话，那么此坟正好在秃头峁的鼻梁处。

这座坟墓里难道真的埋着的是没有后代的疯男疯女？

爷爷说："是真的，是疯子。他们没有后代了。要说有的话，今天青阳岭的人都是他们的后代。可是，有啥凭证能证明哇。林林，好好读书。记住，爷爷给你说的是故事，全是瞎编的，可别当真。大清朝是大清朝，青阳岭是青阳岭，乾隆爷是那个时代的皇帝，咱家上八辈子祖宗与他有啥亲缘、瓜葛，谁拉扯那么个几百年前的上八辈子老先人。大清朝的皇帝除了康熙爷外，没有一个为老百姓造福的好皇帝。"

爷爷讲的坟墓里埋葬的无名疯子的故事，以及我老家青阳岭来历的传奇，这三者之间到底有什么关系，我没有更深层的考虑。我是一个挂牌子的五年级学生，尽管读了一些不该过早读懂的书。

春天了，榆树枝吐出了绿芽。桃花杏花粉红粉红沉甸甸的，压弯的枝梢倒连地面。地畔的白草顶出绣花针大小的两片尖芽。向阳崖畔生出一种叫"麻麻"的野生植物，迷恋着山村的孩子们。石曹岇学校开学了。娃娃大都报了名，因课本还没有买回来，学生们只是上午到校自由学习两节课，打扫了卫生，下午就放学了。提前放学了的学生娃娃，大都三个一伙、五个一群跑到向阳崖畔掏"麻麻"吃，我也是掏"麻麻"吃的其中一个。

"麻麻"这植物名称叫什么，我不知道。同学们都说这是最好最好吃的野菜，味麻，又辣。我先用手指甲抠开地皮，刨出一根，放入嘴里，慢慢细嚼，果然，麻麻的，舌头疼，痒痒的，夹杂着一种香味。往下咽时，喉咙、肚子挺难受的。同伴们都争抢着挖吃"麻麻"，用"麻麻"来充饥，其味刺激得我双眼流泪。我的年龄在石曹岇村的大人们眼里已经不是掏吃"麻麻"的年龄了。干这种小孩玩耍的趣事，不是一个14岁男孩子本应做的事情。我对石曹岇村的一切也有着浓厚的情感。父亲每次回来石曹岇村，都要到青阳岭把我带回去住一阶段后再送到爷爷身旁。石曹岇村是我老祖宗的老祖宗真正的第一故乡。父亲被精减回农村后，之所以在石曹岇村安家落户，就是因为石曹岇村有我上辈子老祖宗遗留下来的唯一财产——两孔挂石头面子的窑洞。这两孔窑洞在当时能修建起，主人没有一定的钱财是很难办到的。据爷爷说，土改定成分时，仓上村里有人要把我家定成破产地主，原因是我家祖先不仅在石曹岇村有住宅院落、土地，还移迁到青阳岭开垦和购买了300多亩好地，并挖了几孔新的土窑洞。农业合作化时，青阳岭独家父子村划归了仓上大队，而仓上大队又划归瓦罗公社所管辖。这样一来，我家等于在石曹岇、青阳岭两个村都有居住的窑洞。父亲带着我从县城回到农村后，要求在石曹岇村定居，理由除了认为石曹岇村是我家真正的家乡而外，主要一条是石曹岇村人口多，有好几十户人家，建设新农村也有个干头。从石曹岇村到青阳岭村，从青阳岭村到石曹岇村，十里山路，十里烟尘，十里风雨，十里牧羊娃的欢歌笑语，十里无声无泪的悲泣。我都感受过，体验过。两个村子，都是我的家，都有我的亲人。爷爷亲疼我，是一种爱；父亲亲疼我，也是一种爱。爱都是爱，爱的方式一样又不一样。爷爷的爱父亲的爱，全部集中在这条十里的土路上化作一串一串我的歪歪扭扭的脚印……

　　我不该跟着比我年龄小的孩子们去石曹峀村的向阳崖畔掏吃"麻麻"。对我的这种行为，父亲表示了极大的愤慨，骂我没有出息。他不知从哪搞来一本烫金的红皮子厚书，翻了翻塞在我的手里，特别强调一句："这也是'天书'，最好的'宝书'，全背会了，就是现代的诸葛亮。小子，记住。"

　　就在我拿到红"宝书"的第10天，学校开学念了两周书，老师就通知放春忙假。父亲也不知又有什么忙碌的事情，让我再回青阳岭去，等收了春忙假他再来接我。石曹峀村的学校，怎么能是这样子呢，我还没领到新课本，就又回青阳岭村了。

　　高原春天的老黄风本该早就结束了。桃花杏花都开过了收敛了迷人的姿色，沟底沉积了一冬的冰层渐渐开始了融化，向阳坡的桑牛牛野生果的叶子刚顶出地皮泛出两片小叶，鸭子嘴唇似的。回到青阳岭的第二天，经爷爷同意我单独赶着羊群到村背后的大山放了一天。这是我第一次挥着羊鞭向上百只羊子发号施令。"大拧角""花脑星""小弯角"……它们仍然对我是那样的熟悉和亲切。我毕竟是一个驯服羊子的老牧手了。手握着羊鞭，有种荣耀感。我说不准是为什么，是与羊子的感情，还是对放牧职业的留恋。总之，心头是涌动着一股春的暖流，尤其是头顶的秃疮逐渐得到大面积的控制，整个精神状态也振奋多了。缺憾与着急呢，也有哇。后半年就小学毕业考初中，扳着指头数日子，也只有四个月，而我还在大山里与羊子搅在一起。爷爷对我在这个关键时刻又回到青阳岭放羊，表示了不高兴。难道这青阳岭祖祖辈辈也不能出一个秀才、状元？由于四叔父娶过四妈和小姑的出嫁，爷爷已经和四叔父两口子分家居住。在我回到石曹峀村的这些天来，爷爷把原来放柴草的一孔破土窑洞清理了一下，请了个木匠安了一副门窗，独自生火另立炉灶。爷爷这是怎么啦？给四叔父娶过了媳妇，有四妈烧火做饭洗涮碗，反不吃方便热饭，自寻麻烦。四叔父开始不同意爷爷这样独自开灶，可爷爷不听。三叔父和三妈让爷爷和他们一块吃住，爷爷更不愿意。

　　我和爷爷吃住在一起。第一天黄昏放羊回来，爷爷检查了一遍羊子，感到很满意，说羊子的肚子看不到凹陷的地方，证明肚子有了七成的饱。

晚饭是爷爷做的，极简单，"牛头清水拌汤"，稠的是稠的，清的是清的。啥为"牛头清水拌汤"？这其实是一种地方风味小吃。用豌豆面做料，拌入适当的凉水，拿筷子搅得不干不湿，正好成疙瘩，煮入铁锅内沸腾的水里，等一二分钟后，放入盐和其他调料，少许咸白菜、熟山药块烩成一锅。这饭食就是好吃，味美，干湿有别，汤面分离，不汤不水不稠不稀，还有点儿白面揪片的特色。

我和爷爷的晚饭几乎每顿为"牛头清水拌汤"。有时候，爷孙俩放羊回来太晚了，把羊子关入圈内后，一老一少一齐动手，抱柴、烧火、舀水、切山药块、拌面疙瘩，爷孙俩忙忙火火地跑出跑进。烧火做饭不烦人，最烦的就是刮风天，烟囱不向外冒烟，随着风向的乱刮改变，倒压的空间气流把柴烟顶了回来，炉口冒火烟，呛得爷孙俩直咳嗽，流眼泪。春天的老黄风，太狠毒了，搞得土窑洞的烟冒不出去，一顿饭整整折腾一个多时辰才能做熟。当饭熟了，还没等爷爷端起碗，孙子们像一群小羊羔挤进了窑洞。碗沿围着的是小羊羔、小雀儿、小猫儿。爷爷喜在眉头苦在心头。一声声的"爷爷"喊叫声把爷爷高兴得咽不下喉咙里的水汤。不懂事的孙子们为抢吃一口饭，互相推拉，各不相让，哭着往爷爷的怀

中间窑洞为作者在石曹岇村住过的旧居

里挤。

看着此情此景，我心如针扎，满脸发烧。我像在做一场梦。爷爷的胸怀不再属于我一个人所有，爷爷的那两枚不应该让我扭掐的乳头已经再也不属于我一个人独霸的甜果。我长大了，长高了，将要成为一只出窝的小鸟，离开母亲的怀抱，凌空翱翔。

那一夜，是我和爷爷盖一块被子，合枕一个枕头的最后一次。没有言语，没有我的多年养成的那个老毛病在作乱。这可能是人向理智和成熟的境界迈近的必然趋向。我突然感到爷爷的躯体失去了吸引我的那种力量。一种少年内心深处的羞涩潮水涌上了脑门。我算什么男儿，14岁了，这么高的个子，还和爷爷一块儿睡觉，还在做大灰狼追赶的噩梦。第二天晚上，我很自觉地单独盖一块被子睡在爷爷的身旁。煤油灯光下爷爷手握着"天书"，面对着我笑笑地点点头："林林，你长大了，没白吃羊奶子，没白爬头顶的大山。不知石曹岊学校啥时收春忙假上课，过两天，回去看看，开课了，快去读书。放羊的营生，有爷爷干，你别管了。爷爷就不信青阳岭的坟里埋的都是疯子……"

五天后，我回石曹岊村了。我又一次走进课堂。学校的变化也太快了。首先是调换了老师，由一个老师变成了两个老师。学校的学习气氛一下子变得很紧张。五年级的课程同时新开了好几门。除了语文、算术外，加强了政治课的教学，还有常识课、卫生课、唱歌课、图画课、体育课。两个代课老师讲起课来从天上讲到地下，从五谷为什么开花、挂果到人共有多少骨头，讲个没完没了。两个老师的知识太多了，我恨不得一下子就把他们肚子里的知识装进我的脑袋瓜，作文是每星期写两篇，还要求四年级、五年级每天写日记。

我的脑瓜也被搞得飞速旋转起来。过去死记《三国》的方法又得到进一步发挥。

我在向书山攀登。

父亲开始参加生产队劳动。

在生活方面，虽然去年秋天没分到多少粮食，可有国家供应返销粮，我和父亲吃不饱，也饿不死。上午我放学回来，正好父亲到地里走了。

早饭还是父亲清早出工到地里走时做好的。我揭开锅盖，里面放一碗已经凉了的散面团。散面团也叫搅子团。操作起来很简单，把水烧开，将干玉米窝头面撒进去，用筷子边拌边搅，烫炒成半稠半硬的熟团，蘸着盐水吃，味道还挺香的。这就是我的早饭。我吃了后，把锅碗洗了，晌午休息起来，又去上学。父亲有时晌午也回来。有时晌午的饭是我到学校走时做好的。这顿饭是玉米碴与小米混合做的饭。

石曹咠村一些人对父亲的议论很多。他们在我的面前也敢乱说，真叫我又气又恼。我这么大的小伙子，听了别人对父亲的胡说八道心里能好受吗？他们咒我父亲是"二流子""二杆子""兵痞""魔气人"等。我在学校读书，常见村里一些游手好闲而又不参加集体劳动的懒汉，窜到学校没话找话苣儿胡扯，干扰老师不能正常上课。有一天下午，下课的空隙时间，我们一群学生在校内玩，一个外号叫"大角公耙"的光棍汉跑进来，先是与老师瞎拌嘴，说些很难听的刺耳话，接着又一把揪住我的衣襟，猛用力推了推，讥笑我："嘿嘿，秃小子，看你爹那德行，老婆被人家搞走了都不管，还梦想望子成龙？哈哈哈，知道吗？知道你是谁造的吗？是众人加工的……你家上八辈子母祖宗就是偷汉子养的你家……"

泪水，哗哗哗……从我的眼眶涌出来，顺着脸颊一串一串滚到土质院内。是父亲得罪了"大角公羝"，还是爷爷与这个光棍家有仇，我不知道。我委屈，我气愤。"大角公羝"对我家的恨是因为啥原因，我一个从没有与人吵过架的少年怎么能搞清楚。这家伙太不要脸，怎么竟连我母亲也侮辱，我是众人"加工"的，那我母亲成了什么人……这个千刀万剐的光棍。

校园，并不是一片净土。孩子们的心灵，收割的也不全都是阳光。类似"大角公羝"莫名其妙地对我进行讥笑的难听话，我不知听过多少次了。这些人，往往又都是光棍汉。也许，这与父亲是光棍汉、大叔父是光棍汉、爷爷也是光棍汉的生活处境多少有些关系。随着年龄的增长和环境的变化，我对母亲这个概念逐渐有了那么一缕渴望了解的情丝。

我想念我的母亲。她现在生活得怎样？还经常去姥姥家住吗？还跑太原做生意吗?

我从来不在父亲面前提到母亲。父亲也没有对我说过一句母亲的近况。我偶尔听到父亲与那些来我家串门儿的光棍拉话时谈到有关女人的事情。对于女人,或者是提到母亲的时候,父亲要么保持沉默,要么大喊大骂。妈的,女人,统统是婊子,狗日的,狗心,狗肝肺,狗骨头……在父亲的脑瓜子里,女人都是坏东西,全身都是狗的躯体组成的。对于父亲的这种粗俗语言,以及对我的母亲和所有女人的诅咒,我心里感到很不是滋味。这是啥话,太荒唐了。女人都是狗,那男人也不都成狗了吗。

我的父亲、我的母亲,他们之间到底有什么恩怨永远也不可解开呢?

石曹峪的世界比青阳岭的世界大了许多。也可能这是我的年龄大了的缘故。我在石曹峪的小学校里度过了一个春季一个夏季。然而到了后半年,我并不能参加升初中考试。原因是五年级毕业生推迟一年毕业,到第二年下半年才能考初中……

七、我失去了敬爱的爷爷

我等啊等啊，到了 1971 年的 6 月底，石曹峃小学毕业班的几名学生集中回沙峃公社所在地参加了全县小学升初中的考试。我怀着激动的心情参加了考试。考完试的 20 天后，我接到了入学通知书。我考上初中了。我回到青阳岭村爷爷的身旁。入学通知书是由父亲先收到后又从石曹峃村赶回青阳岭亲手交给我的。

那是一页很简单的白纸，下面压着公章红印。爷爷拿着我的入学通知书，看了一遍又一遍，还专程到仓上村的小代销店买了半瓶散装白酒，一连喝了五天。爷爷和父亲看来对那本"天书"都特别地感兴趣，高兴得反反复复看个没完没了。

在屈指可数的假期内，我仍然帮着爷爷放羊，与我的羊伙伴滚山坡深沟。"小弯角"它们还是老样子，见了我摇尾巴，用角尖轻轻地擦我的裤腿。我与羊子的感情依然如故。白天，我赶着它们寻觅好草，晚上回来我挤一碗羊奶子与豆子饭融化在一起吃。羊奶饭，天然的营养品，保健品，滋补品……

到了农历七月，过了传统节七月十五，我背着行李，拿好入学通知书去沙峃中学念书。走的时候，爷爷把我送上门对面的大山，悄悄地给我袄兜里装进 20 元钱。这笔钱（在当时来说，是相当不少的一笔款子），爷爷一再叮嘱，这事谁也不要告诉，连父亲也不能让知道。我点点头，仰望着爷爷，眼皮眨了眨，泪水涌了出来。没有言语，什么也不必对爷爷说。我转过身，咬咬牙齿，迈开了脚步，一路淌泪，一路思绪纷纷，一路耳边掠过鸟声风声羊叫声……

我走出了青阳岭村，来到了我的母校——沙峃中学。这一年，1971 年，我 15 岁。

半年的时间就像在青阳岭村的大山里放一天羊子那么短促就过去了。读书的日子过得真快。知识的浪花一排排一排排撞击着心灵的天窗。迷离的思维和奇特的欲望驱使着少年的志向开始扬帆。人生刚起航的小舟随着理想的双桨朝茫茫学海驶去。每一本课本的页码就是一面陕北的黄土高坡，每一个化学元素符号就是深埋在大山里的一种神秘的矿藏。杠杆的作用在推开力学大门的同时也把求知少年的灵性脑壳启动开窍。数学公式解开的不仅仅是数字增减变化的内在规律之谜，更重要的是其演算方式对人类影响的整个发展过程。半年初中的求知，第一感受是自己懂得的知识太少了。寒假的一半时间是在爷爷的身边，寒假的另一半时间在父亲的身旁，而心却是在学校的教室和老师的身边。我感到自己对"大拧角""小拧角"它们的感情开始淡化了。过罢正月十五，我就到校 To和刚考上初中的第一学期那样，爷爷把我送到村对面的大山的弯曲土路，又给我偷偷地往袄兜塞了 20 块钱。我领会爷爷的意思，这件事是不能告诉我的任何亲人的。爷爷抚摸着我的头发，脸色显得温和正气。我到校半年发生的变化，使爷爷在许多方面都感到满意。首先是我头上的秃疮完全好了，而且脱落头发的地方大部分都长出了新的黑发。这一次爷爷

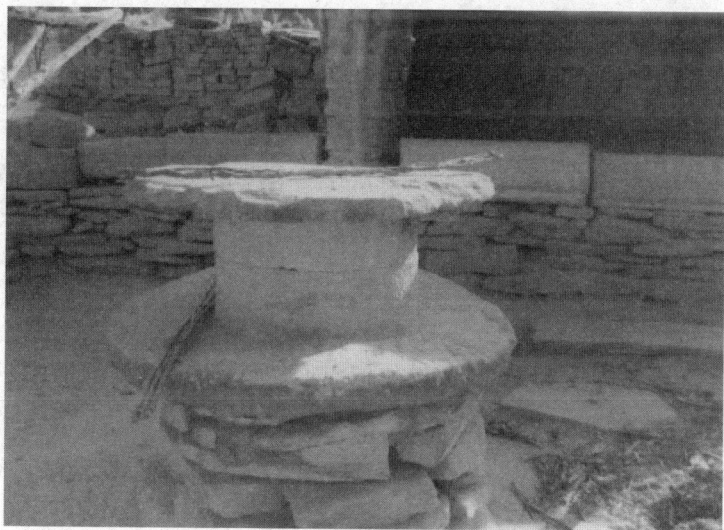

青阳岭村当年使用过的石磨

089

送我，我没有掉泪。我直走出一里多路，在一个拐弯处回头望去，见爷爷仍然站在村对面的山顶上一动不动。我的心窝子涌动着潮水，但没有冲出眼睛的窗口。我返校了。

这一年，我 16 岁；

这一年，我走向成熟；

这一年，我的个头冒了一截子；

这一年，我对女同学产生了神秘感；

这一年，我听过一位在北京工作的大官回故乡时到学校讲革命传统；

这一年，父亲说他再也当不了我的老师；

这一年，……

这一年的暑假期，也是最让我伤心悲痛的日子。我失去了最亲疼我的亲人，我的爷爷。

爷爷走了，走得太突然了，一切都来得那么快，叫我从感情上无法接受这个残酷的现实。奶奶的死，大妈的死，我有过伤心，也有过感情方面的悲伤。可是，不长时间就逐渐地淡忘了。人死，就死了，还不是和睡觉一样，不再醒来。对人死的认识我当初理解的就那么浅薄。而爷爷的死一下子把我像从噩梦中惊醒一样，使我对人世间的许多事情开始重新认识重新思考。

爷爷是在青阳岭村背后的石崖跳下去摔死的。死得太悲惨，也叫他所有的儿孙们不可理解。

我爷爷跳崖身亡的头一个晚上，我丝毫没有发现他有什么异样的变化。我只是听四叔父说爷爷年纪大了，老糊涂了，身体也不行了，自从入夏后，父子生产队已经不让爷爷再放羊子，羊馆由四叔父接任，爷爷被安置给生产队照看牛驴，一天挣八分工，自食其力，按劳分配。一日三餐，自己动手。四叔父和小姑他们成家，都已有了孩子。而且三妈和书权"老老"家的婶婶、我大叔父的大儿子家的嫂子，他们在生养孩子的事业上是很有能量的，几乎一个个都是英雄的母亲。我大叔父先后出嫁了的二女儿、三女儿，这两年也是做母亲的人了。

我的爷爷，他不光是儿孙满堂，而是曾孙、曾外孙满山遍野。他的生命延续的枝叶已经覆盖了他生活过的那片土地。爷爷还有什么不顺心如意的事哇？爷爷，我已经读了初中一年，头上的秃疮痊愈，在全班学习名列前3名；爷爷，我把你给我的钱一分也没有乱花，除过交灶上的伙食费和买学习用品外，剩余的都托人在神木城购买了书籍；爷爷，你叫我好好读书，我没有辜负你的教诲，我在拼命攀登呀；爷爷，你怎能就这么不明不白地跳崖自寻绝路呢？爷爷，你该高兴才是，咱青阳岭村现在不只是我一个初中生了，大叔父的二儿子、我的堂弟虎堂又刚刚考上初中。青阳岭村出现了第二个秀才苗子。爷爷，你到底为什么要这样做，你一贯信"天书"中人的"命运"，可知"天机"玄妙，人之祸福，偏偏面对自己的命运却安排了这样一个结局。爷爷哇，爷爷，你本不该如此匆匆地扔下青阳岭村的一切而去。爷爷把一个他自尽自灭自毁的人生之谜留给了他的儿孙们、留给了这个世界来破解。这是一部以神鬼作乱毒害灵魂为内容的酸涩悲剧，还是一曲轰轰烈烈人生之火燃烧时而忽被暴雨扑灭的痛苦挽歌？爷爷这一突如其来的生命终止方式，给青阳岭村老老少少的心灵里都笼罩上一层迷雾，仿佛，青阳岭村头顶的天空开了一个大窟窿，一会儿风，一会儿雨，一会儿雾，一会儿烟。人死，有多种多样的形式。将士战死，老人老死，婴儿病死……所有的死都有因有果。爷爷的死呢？我无法理解。我的二爷爷是战死，是革命烈士，共和国的英雄簿里有其姓名。爷爷是老人，是好人，那他是病死还是冤死？如都是，他有什么病，他又有什么冤？我更没法儿解释。

农历七月的塞北高原天气依然炎热火毒。按照传统的葬礼，夏季人死，尸骨在家不可停留三天。尸骨腐烂，出殡不利，宜早入棺下墓。埋葬爷爷的整个过程，是由石曹峁村的那位老阴阳、教过我的老师乔天明精心安排的。由于爷爷死得太突然，活着时根本就没有给他考虑做棺材。因而棺材是由大叔父他们商量后去仓上村买的一副水桐棺材。

爷爷大约是从早晨太阳刚升起的时候跳石崖的，当时还没有马上停止呼吸。爷爷双腿跌折，鼻口出血，在崖底的喊叫声惊动了到井沟担水的我。我是第一个发现爷爷跳崖的。我撕裂心肝的哭声把四叔父他们叫到爷爷身旁。大叔父他们用羊圈栅栏把疼痛得半昏半醒状态的爷爷抬上村来。当时我父亲在石曹峃村。我回石曹峃村对父亲把爷爷的不幸说了，并与父亲一同赶回青阳岭村时，爷爷早已闭上他那慈祥的眼睛。

对于爷爷的跳崖身亡，大叔父、我父亲、三叔父、四叔父他们除了表现悲伤痛苦而外，就是忙忙碌碌处理后事。在那几天里，青阳岭村一下子来了上百号人。有各种各样的亲戚，也有仓上、石曹峃村两个村的不少人。因为这两个村子的人家都姓乔，大户里按辈数都为一家，红白喜事一般一家都请一个人。亲戚、朋友、自家姓里来了这么多人，表明了爷爷这一生中有势力有人情。爷爷的孝子孝孙一大群，外甥女婿一大帮，披麻的，戴孝的，有的哭有的跑，有的忙这，有的忙那，只有三天的时间，就把爷爷的尸骨安葬到了我家的第一座老祖坟——南梁——主博梁。

爷爷，永远地走了，去寻找我的奶奶去了。他们在阴间又相会了，组成新的家庭。爷爷没有留下什么值钱的遗产，除了锅、盆、碗、筷、小瓮、罐子、铺盖、一只旧木箱而外，就是些铁锹、镰、犁、放羊鞭之类的农具。这些东西，安葬爷爷后的第三天，父亲他们四兄弟就平分了。大叔父、三叔父、四叔父在爷爷的尸骨还没有安葬的头一天，已经问过我两次，爷爷是否手头还有钱，知道不知道在啥地方存着。我回答，没有，即使有，我也不知道放在什么地方。大叔父他们说若是有的话，要埋葬爷爷花费用。大叔父他们应该对我说的话是相信的。爷爷一年有多少收入，他们比我更清楚。

我拿走爷爷的唯一遗产是那几本保存了多年的"黄麻纸书"和"天书"。这笔遗产，大叔父他们没有列入老弟兄四人所要分配的清单内。至于爷爷活着时两次偷偷地给我的钱，我没有告诉大叔父他们，也没对我父亲提过。若把这笔钱也算为爷爷的遗产要分配，恐怕我也要被列为分配的遗产了。（多少年过去后，我才明白了爷爷的那番苦心。）我在读初中的一年里，学校一年花多少钱，父亲应该明白。他无能力给我支付我的伙食费、学杂费、穿衣零花钱。父亲问过我花的钱是不是爷爷给我的，我肯定地回答，不是，是学校给的助学金。孙子念书花费爷爷的钱，还不让孙子的父亲知道，这到底是为什么啊？爷爷对父亲不放心，假若父亲知道了爷爷在拿出钱培养我读书，他过日子会更加不俭朴，把本该供养我念书的几个钱用于和他的光棍朋友吃肉喝酒了。事实上，父亲不会过日子，也是他这一辈子"命里"注定。没有钱，想钱；有了钱，不会花钱，守不住钱。爷爷把他的儿子看得很准确。而大叔父与父亲的过日子完全是另一种方式。他对钱看得比生命还重要。（大叔父活到70多岁，比爷爷还多活了10年。据说他这一辈子积攒了几百个银圆，深埋在谁都不知道的黄土地下，直到他病死都没有告诉儿子们，与他一起进入地狱。）这也是后话。

爷爷死了，青阳岭这个父子村里的人没有一个不悲伤的。而最悲伤的是我。我失去了一种伟大而无私的爱心。这是大道理。我失去了读书花钱最靠得来的一条不要任何补报偿还的供给线。这是眼前的现实。物质贫穷确实是当时普遍存在的一种社会现象。那时农村能出一个中学生是一件很不容易的事情。爷爷的死，也从另一方面对我父亲的神经狂热病给了一个有力的震惊，使他反而在好长一段时间内冷静下来，回到了现实生活的地平线上。也许，父亲已经过了那种狂妄自大、不安分守己的年龄，他大概看到了"天书"里对他的"命运"没有什么好的安排了。父亲生活的重点转移到如何想方设法供养我读书的问题上来。父亲对我的读书是一贯支持的，只是他没有能力来支持罢了。

到了这个年龄段，面对爷爷的去世，我思念母亲的心情越来越沉重。叔父们告诉我母亲离婚后的近况。在此期间，我又去过黄河岸边的石岗血，去看望我的姥姥。我在姥姥家第一次看到母亲学生时代的照片。母亲是漂亮的。关于她和父亲过去的一些耸人听闻的事情又浮上了我的眼帘。谁是谁非，这不是一个做儿子的能回答的问题。如果一定要回答的话，还是让社会的公正和中国传统文化的道德规范去评论吧。我作为一个初中学生，我要向父母亲表达的情感是：感谢他们给了我生命。不管我们青阳岭村的人在大清朝时代，是哪一个男人和女人结合的后代，我们都应是中华民族——龙的后代，龙的传人。若父母亲的结合与分手都有错的话，那恐怕也不是某一方对待爱情、婚姻大事简单草率的问题。社会和时代对青年人的一切过失难道不该负主要责任吗？

我在爷爷的遗产"天书"中发现爷爷用铅笔写的那么一段话，那意思大概是说有关青阳岭村来历传说的可靠性是值得相信的。乾隆皇帝不只是喝了我家老祖宗的老祖宗提的两瓦罐泉水，还带着他根本就没有怀孕的媳妇在附近的山头上转了几天，玩了几天。他的媳妇被乾隆爷霸占了好长时间，后来他的媳妇才有了身孕……

我想，这可能就是爷爷老糊涂的主要原因。他的自灭似乎也与这个没有任何根据的传说有关。因此，我推断和回想，爷爷的身亡很可能真的是得了一种严重的神经分裂症。他和那个死了300多年的乾隆皇帝套什么血缘关系？历史真是那样，那是荣耀，还是耻辱？还有必要非搞出个来龙去脉吗？中国的农民，说他们实在，可赞可爱；笑他们鹜远，可叹可怜。爷爷活着时曾对我讲过我家与那个乾隆皇帝的瓜葛全是别人瞎编的故事，不可信，而他在临死前写到"天书"里的"遗言"却又推翻了那个民间故事的虚伪性，给荒唐的民间故事涂抹上一层迷离的神奇色彩。青阳岭第二座坟墓里的疯男疯女们到底是些何种血统的死人骨头呢？爷爷死了，没有和他们埋在一起，这永远成了一个解不开的谜。但我总觉得爷爷的自我毁灭与那些疯死人白骨一定有着很难说清的关系。神学和鬼学的影子在我的脑海里不存在。对于爷爷和父亲他们视为珍宝的"天书"里的那些"天机"，我越发不相信了。何况当时凶猛的批孔批儒运动已经深入到学校，"天书"属于绝对的禁书和毒草。我在经历了一番灵魂深处的伟大革命的洗礼后，终于把"天书"扔到熊熊燃烧的火炉里。是出于对封建迷信决裂的觉醒，还是受时代大潮冲洗的响应？可能两者皆有之。总之，我没有保住爷爷的"遗产"。

细细思来，爷爷的"遗产"表面看是那本塞满迷信色彩的"天书"，而实际上是一个很大很大的世界。若是这样，我实在是无能为力来做这笔"遗产"的继承者，我本也没有这个资格。爷爷选错了继承人。我背叛了他。因为承认一个封建皇帝霸占民妇酿造出的悲剧的真实性和合法性，无疑是一种历史的耻辱，也是我们这个大家庭永远洗刷不干净的污点。我家的坟墓里今后还会增添疯人的尸骨。（爷爷活着时很可能把"天机"泄露了，以至他死了的16年后，我的不到50岁的三叔父、不到40岁的四叔父在同一年里，都患了疯病跟着他老人家走了。三叔父是因"羊癫疯"加剧而导致死亡的,四叔父则完全步了爷爷的老路,在他当年跳下去的地方勇敢而疯狂地跳下去。)我不能不这样做出推测和结论:中国的农民把皇权皇亲皇戚皇粮看得太高贵太神圣了。这也是中国农民几千年来革命不彻底的悲剧所在。打倒了一个封建皇帝,又变着花样使用高攀附雅的方式推出一个封建帝王。爷爷一再教导我好好读书,给我讲刘邦,谈刘备,说宋江,道闯王……直至演变出了一个我家与乾隆皇帝有血缘关系的传奇故事。

我的爷爷,若他的疯病是因为与皇帝爷沾不上边或沾上边又怕酿出艳闻而自灭自毁的话,那也太把生命看得不值钱了,难道他还要为一个早已灭亡了近一个世纪的大清王朝当殉葬品吗?

我来到爷爷的坟墓前,跪到三块砖头垒的墓门旁,点着香火,并把一支"羊群"牌香烟点着一齐插在土堆上。供品是一个月饼,花纹图案清晰。上百页十六开白书写纸,用打纸钉打出一个个圆圆的纸钱。这种纸钱,是大清朝第三位皇帝爱新觉罗·福临顺治帝开始使用的货币模型。当地人叫此为"皇钱"。"皇钱"的含义很明确,只有皇家才有权利制造投放市场使用它。还是我刚考上初中的头一年,省、地、县决定新修从神木至南乡黄河岸边的一条战备公路。公路正好从青阳岭村头顶的大山经过。民工们在开挖路基时,开掘出一大群古墓,里面藏有大量文房四宝、铜器、"皇钱"等随藏品。经考古学家和历史学家鉴定为大清朝康熙、雍正、乾隆、嘉庆、道光名字的"皇钱",因民工们不注意,遗失于黄土中不少。后来,我跟着爷爷多次去公路畔捡"皇钱",每逢发洪水和汽车碾过去,总能拾到三个五个"皇钱"。而"纸钱"是"皇钱"的纸制复制品。在当地,包括整个黄河以北地区的长城沿线区域,人死后祭奠的最常用的礼物就是烧"纸皇钱"。这个葬俗是从大清朝开始沿用下来的。我花了爷爷不少钱,吃了他那么多年饭,又在他的怀里睡了那么多年,我有愧于爷爷的期望。我对爷爷所能表达的就是在他的坟墓旁下跪,给他烧"纸皇钱"。他生前对"皇钱"没有收藏下来几个,即使有几个也在每年过老年作为"压岁钱"送给了一个个的孙子。我给爷爷烧"纸皇钱",完全是出于一种葬礼的习俗,以表示一种哀思,一份孝心,一缕怀念,根本没有想拿大清朝的"货币"来"转送"爷爷以证明对那个传奇故事可靠性的默认。那最多也只能算传奇。是一些有关疯男人疯女人们的故事。

"纸皇钱"点着了，燃烧速度却很慢。可能是天阴的缘故，纸有些潮湿，有的纸面烧为灰烬，有的纸面总也燃不着。按照迷信的说法，烧"纸皇钱"不着是因阴间的鬼有不愿意的地方。爷爷一定对我这个孙子不太满意。因为我烧掉了他遗留的"天书"，也烧掉了他所希望的一个世界。我请求爷爷能理解我。高攀一门野史都不承认的遥远皇亲有何意义呢？那个大清朝的世界出疯男疯女，为何还要让今天的世界再出现一个一个的疯男疯女呢？

一阵轻轻的山风吹过坟墓，烧了的纸灰和未烧的纸片随着山风打着卷儿飘向远处。只有点燃着的香火和"羊群"牌香烟还在一截一截地燃烧。我双手撑托着坟土堆上长出的嫩草，上额碰着墓门砖，让胸脯紧紧地贴着地面的湿润泥土。我闭住眼睛，聆听到自己的心脏在剧烈地跳动，每跳动一下都撞击得地层在颤抖。坟堆上生长出的野苦菜叶子一片片灰蓝灰蓝，盘托着一束束金黄的小花摇来晃去。乱糟糟毛碴碴的沙蓬草枝蔓无任何规则盘根错节，一株一株伏卧地皮因没有筋肋抬不起头。坟地边的土畔栽起的十多株水桐树最大的有丈余高，新冒出的枝梢不知被谁折断倒连在半空挣扎地摇晃着。有那么几株实际上早已经枯死多时了，只是个树木的样子而已。失去生命的水桐树枝干上飞落着几只野麻雀朝着坟墓叽喳不停。它们等待着抢吃供品。我听到自己的心脏在跳动的同时，也听到了爷爷放羊时的吆喝声和唱民歌的回荡声，还有教我背《三字经》的教诲声……爷爷从坟墓里走了出来，我看见了他慈祥的面孔，他又捧着那本"天书"笑眯眯地读起来："林林，记住，要好好读书，龙生龙来凤生凤，老鼠生的打地洞……不受苦中之苦，难为人上之人。"我好像又看见了那只梦里的"大灰狼"凶狠地向我扑过来，我猛抬起头，胸脯离开地面，感到脖颈湿湿的，凉飕飕的，浑身直打战。天下雨了，毛毛细雨，飘飘扬扬，飞落下来。

天空越来越灰暗，不同颜色的不同形状的云块一片一片从东南方向而来，飘荡向西北的天穹。雨滴不急不慢，不大不小，不一会儿，落到快要燃烧完的香火头的"羊群"牌烟头上，"咝咝"几下就熄灭了。我向爷爷深深地磕了三个头，又三个头，再三个头；然后站起，鞠了三个躬，再三个躬。我挪动脚步，唯恐踩着地下的一棵棵小草，一步一步走到坟地畔的一株活着的小水桐树下，背靠着树身，手拽住倒连的枝梢，让枝梢抚弄着我的脸颊，来来回回轻弹着挂着的雨珠。眼圈全都水汪汪的，水珠子一串一串沿着鼻梁凹在树枝的拂扫下飞落地面。是天雨，是青阳岭村沟底石岩下的泉水，是"小弯角"乳头挤出的奶汁，是窟野河水冲击心灵世界化作的浪花……

我再也忍不住感情闸门的阻挡，望天空的云，俯下下身，放声痛哭起来。

爷爷，我不能叫你在九泉之下闭不上双目。我烧掉了你的"遗产"，烧掉了你心中的世界。可我要继承你的另一种"遗产"，为创造一个全新的世界而努力，攻克知识的高峰。

在一个云匆匆风萧萧雨蒙蒙的秋季，我绕过爷爷的坟墓，用即将成熟的眸子对青阳岭村周围一座座的大山回望了好久好久，然后背着小米袋子和书包，迈着坚实的步子走向充满阳光的沙峁中学……

八、在沙峁中学读书的岁月

沙峁中学在沙峁公社所在地。沙峁中学与沙峁小学在一起，分上下两个大院。上院是中学，下院是小学。中学分两个年级，初一级和初二级。初级中学实行的是两年教学制，是经过"文化大革命"教育改革后形成的。我分在初一（1）班。班长是个大个子，叫李润堂，是石角塔村人。全班有40名同学。石曹峁村当时考在沙峁初级中学的共有3个学生，除我而外，还有乔秀明和王买堂，他俩分在了初一（2）班。

沙峁初级中学是一所老牌子学校，民国时就设立高级小学。1966年开始设初级中学。全公社的初中生都考入沙峁中学读书。能在沙峁中学读书的学生，就是当时公社的秀才。由于受时代的影响，我被推迟了1年上初中，我本应在1970年进入初级中学读书。我在班里是年龄偏大的学生，15岁才上初中一年级。不过，比我年龄大的同学也不少，有的17岁，最小的13岁，最大的与最小的相差4岁。年龄的大小，也决定着每个同学身体发育的快慢。我算身体发育慢的。

沙峁中学的教学抓得比较紧，课程安排得满。政治、语文、数学、物理、化学、历史、地理、自然各课都开设。除此，还有体育、卫生、音乐、绘画等辅助课。只是当时没有开设英语课。初一（1）班的班主任是一位女老师，叫刘桂莲，沙峁本村人，已有10多年的教龄。她也是初一（1）班和（2）班的语文老师。刘老师态度和蔼，一副慈母的形象。我在入学不到两周后，我的学习引起了她的关注。一是我写作业和作文，都是用繁体字，这在当时来说，简直是一件新闻。是谁教我写大写字？刘老师问我。我结巴地回答是爷爷和父亲。刘老师显然还是不太相信。在她看来，能够写繁体字的学生，除了家中有人教外，一定看过被禁看的"古书"。我被刘老师反复追问，只好如实讲了自己从6岁起识繁体字和看《三国演义》的经历。刘老师听了后，又喜又惊，把我叫到她的办公室，一再叮嘱我，以后不要在学校公开看《三国演义》一类的"古书"，上面不主张初中生读这样的书籍，写作文，做作业也没有必要写繁体字，写简化字就行了。刘老师的叮嘱我听了一半，写作文、做作业可以用简化字写，可是，看《三国演义》一类的禁止"古书"，我还是放学后钻到宿舍偷看。好像看"古书"养成了一种习惯，有瘾似的，不看像少了魂一样，精神也不振。刘老师不让我读"古书"，也是个别找我谈话，没有再追究。

我的学习是用功的。各门功课，全面突破。班里的同学学习成绩拉开了差距。全班 40 个同学，我的数学、物理、化学保持在 15 名左右，算是中等水平。语言、政治、历史进入了班里前 3 名，尤其是语文和历史，从初中的两年半里（那一级初中生延长了半年毕业），我始终名列两个班前两名。在第 1 名与第 2 名之间来回交替。我对历史的学习，是历史代课老师刘壮考想不到的。一个 7 岁就能看懂《三国演义》的孩子，他能考入初中，当然是读了一定的历史书籍。我那时已经读了《论语》《大学》《中庸》《民贤集》《春秋》等"禁书"，听了村里的老木匠王桐重和大姐夫苏振文讲了许多唐、宋的有关故事。对《唐诗宋词三百首》也开始接触。这为我的历史课奠定了比较扎实的基础。半学期后，我在学校小有名气，成为语文"尖子"、历史"状元"、政治"苗子"，引起老师和学生们的刮目相看。这也给我的读书生活带来了一定的变化。经班里推荐，班主任提名，学校领导批准，我成了学校的宣传员，主要负责主办学校团总支的黑板报，还有班里的黑板报。在那个年代，学校黑板报是学校的主要宣传阵地，一般学生是胜任不了这份工作的。我当了学校团总支和班黑板报的编辑，受到了老师和同学们的夸赞。学校规定，团总支的黑板报半个月换一次内容，每个班的黑板报更换次数由各班规定，可至少半个月换一回内容。这样一来，我的业余时间就很紧张。因为办黑板报是不能挤用上课时间的。班主任刘老师和学校团总支书记要求办黑板报统一用隶体和仿宋体字写，还要求插图，配发报头，美化花边，搞得图文并茂，既有可读性，又有可观性。我成了编辑，还要和同学们组稿，自己写稿，三天两头和班干部、学校团总支书记商量黑板报的内容。重要节日，黑板报是必须更换新内容，还有学校有什么重要活动也刊登。在最初的半年里，黑板报的内容与形式，确实办得一般化，不如初二班办得好，尤其是写粉笔字，用力轻了，写得不清晰，用力重了，粉笔就折断了。写粉笔字不好写，比用毛笔写书法也难。我是这样认为的。小小黑板报，学校的宣传阵地，陪伴着我在沙峁中学整整度过了两年半。（我后来总结我40年的新闻记者和写作、研究理论、政策等文字工作生涯，总认为与在沙峁中学办黑板报是分不开的。那是我当记者、编辑、作家、专家、学者的最初萌芽。我不会忘记。）

我除了在学校办黑板报外，还有一项业余的工作是当学校的文艺宣传队员。沙峁中学很重视学生的业余文艺生活，学校专门成立了文艺宣传队，从各班抽调了有文艺特长和爱好的20多位学生，由刘根买老师负责，不定期进行文艺节目排练。我没有文艺表演才能，也不喜欢跳舞和当演员。我进文艺宣传队，是因为老师和同学们觉得我文科学得好，会写诗，还能编快板（其实是顺口溜）、办黑板报，是小笔杆子，文艺宣传队少不了这样的人才。再说当时我们宣传队排演的节目都是紧跟形势的大节目，有《智取威虎山》《红灯记》《沙家浜》等样板戏，里面除了主角而外，还需不少配角演员。我做了文艺宣传队的编剧兼配角演员，扮演过《智取威虎山》里的土匪、《沙家浜》中的群众、《红灯记》里的鬼子兵。我扮演鬼子兵，逗得老师和同学们哈哈大笑。他们说我人长得俊，不像坏蛋，需要往眉脸上多抹黑。我记得初二年级的王富宽扮演《红灯记》里的李玉和，初一（2）班的李爱珍扮演李奶奶。在鬼子抓捕李玉和时，我是扮的日本鬼子兵伍长。有一次，文艺宣传队到菜园沟村演出，我失脚把王富宽后腿踢了一脚，演完节目后他咒我，"你小子真坏，你当我真的是李玉和，"踢得他疼了好久。文艺宣传队除了排演革命样板戏外，还表演舞蹈、唱红色经典歌曲。男生李治邦、高凤郎，女生李爱珍、刘晓利跳舞特别好，他们4人跳的《学大寨赶大寨》很受社员喜欢。《翻身道情》《咱们的领袖毛泽东》《山丹丹开花红艳艳》《军民大生产》等陕北民歌，是每次演出必唱的大合唱节目，还有《学习雷锋好榜样》《战士爱读老三篇》《阿瓦唱新歌》《浏阳河》等歌曲也是拿手的独唱或合唱节目。文艺宣传队锻炼学生的胆识，也增加了我的艺术细胞。好多歌曲我都会唱，包括几部样板戏里的重点歌曲也能唱下来。我们先后在学校和外村演出了10多场次，赢得了广大干部群众的好评，也为当时的时代气息增添了氛围。

不过，学校还是特别重视对各课的教育，学习时间安排得满满的，每晚都有晚自习。沙峁公社当时还没有通电，上晚自习用的是煤油灯（座灯），一个教室要点4盏煤油灯才能满足照明。我们每个同学读书都很用功，准时完成作业，从不迟到早走。每个同学对老师很敬重，到老师房间都要喊"报告"，进去后再向老师敬礼。由于我的数学成绩与其他课相比较差，每次考试刚及格，最高也是75分左右，因而我特别害怕数学老师李世义，我只要在学校院子内碰着他，吓得简直想找个洞钻进地里。这种害怕数学老师的表现心态直到多少年以后还消失不了。（当今有人指责那个时代的学生都是"反潮流"的"造反派"，说什么那时候的学生都不爱学习、不尊重老师，云云。这种说法和观点我至今也是不认可的。这不仅是对一个时代的否定，也是对一个时代全体青年学生爱国学习热情的一种打击。）

老实说，我那时是沙峁中学的学习尖子，经常受到老师在课堂上的表扬。我们这些学生一不"造反"，二不"反潮流"，只是牢记毛主席的"五七"指示，每两周参加一次集体劳动。我们先后到沙峁、刘家坡、王桑塔村参加修梯田、收秋、打红枣、修路劳动。那时学校的生活的确很艰苦，一日两顿饭，早晨玉米窝头就山药煮白菜，下午是玉米粒和小米做的菜饭。我与同学们正是长身体的年龄，一日两顿饭到晚上饿得睡不着。学校也没办法，因为学校食堂做饭的口粮都是每个同学从家中带来的。没有白面、大米，天天是玉米窝头、玉米粒和小米饭。我村石曹咀是山区，在窟野河的东山，年年天旱，十有九不收。生产队分的粮不够吃，全靠吃国家返销粮过日子。父亲和我两口人也一样，一半口粮靠吃国家返销粮维持生活。有时候实在口粮不够吃，我就到青阳岭村爷爷那里要些小米、豆子用来弥补口粮不足。可是，我爷爷去世了，我到爷爷家拿口粮的习惯改变了。我念书的经济来源和口粮受到了影响。有几次，学校管伙食的老师催着向我要欠着的伙食费和口粮，我跑回石曹峕村找父亲，父亲也没办法解决，我又返回学校说明情况，管伙食的老师说："你一个人欠钱欠粮不要紧，所有的同学都欠钱粮，学校只能关门停课……"

那是星期二的上午，同学们吃过早饭都到教室上课去了。我羞得进不了教室门，一个人跑回宿舍，急得在地下乱转。怎么办? 拖欠学校的10元钱和60斤口粮怎么解决。我思前想后，找不到解决的办法。我一时心急，也不考虑那个心中装着的梦想，一咬牙，干脆退学，回青阳岭村向叔父们借钱还清欠学校的伙食费口粮，参加生产队劳动,独立过日子。我怕老师和同学们发现，偷偷地打捆好铺盖背着离开学校，出了沙峁村，沿窟野河东岸的石破返石曹峕村。我走了不到5里路，快到石角塔村时，听得背后传来同学们的叫声："小林——你回来——小林——，快回来——刘老师叫你赶快返回学校……"

我退学的苗头不知是怎样被刘桂莲老师和同学们发现的。我被追赶我的四个同学带回学校，直接引到刘桂莲老师的办公室。我很害怕，准备接受刘老师的训斥。逃跑学生，欠学校的伙食费、口粮不还，偷偷地跑了，这罪责不轻。我低着头，靠到墙壁，一句话都不敢讲。刘老师望着我，轻轻地拍了拍我的肩膀，又从办公桌拿起我的作文本，一边翻开来一边说："小林，这是你写的作文，要做革命接班人，不念书了，接谁的班?"

刘老师说，欠学校的伙食费和口粮，想办法解决，但是，绝不能退学。我又重新回到学校。据班里的同学后来讲，是刘老师出面和学校校长商量，又与公社领导请示，从全社的救灾粮中解决了我欠的学校的口粮。至于欠的伙食费，从学校补助金中支出。这一学期，我的助学奖金发了15元，是全校学生中最高的，除过扣除学校的伙食费，还余有5元钱，我到供销部门买了蓝咔叽，做了一件衣服。这件退学风波后，我是困难学生，全学校师生都知道。(若干年后我工作到了北京回乡探亲时，专门去拜访刘老师，若不是她当年追我回校，我的人生可能是另一种情景，很可能是一个流浪汉或是罪犯。)

我的退学，引起了学校的高度重视，学校对所有困难户学生进行了调查登记，统一在救济粮和助学金方面做了安排，召开了全校师生大会，以我退学为例，今后不准发生类似事件。学校和公社表扬了刘老师，夸她教学工作认真、扎实，关心学生的学习、生活等困难。我能继续读书，心里暖烘烘的。我感谢刘老师，更感谢共产党、毛主席。我懂得了感恩，懂得了珍惜读书机会的道理，也懂得了学校内与学校外发生的许多事情与自己的读书有关的道理。我开始了比以往更加倍的拼命学习、读书。学校一学期评一次"三好"学生，即学习好，思想好，身体好。我在初中共评过三次"三好"学生，一次模范团员，多次受到表扬。上初二年级的时候，班主任换成了王忠秀老师。这是一位古文功底很深的文科老师，他给我们初二两个班级教语文。他和我沾有一些亲戚关系，是我姑夫的姐夫。从辈分上讲，我也叫他姑夫或是叔叔。有了这层关系，他对我的管理和教育十分严格，每次找我谈写作文的话题，态度很严肃。他说我的作文写得有思想，有个性，有灵气，就是写错字，自造语言不通的句子，读起来不够通顺，要加以改正。他还说，当黑板报的编辑就像当大报的编辑一样，要知识丰富，视野宽阔。他每次找我谈话时，总要讲有关做新闻记者、编辑一类人才应具备的素质的道理。他是我中学时代遇到的第二位语文老师。对我后来的发展有着重要的影响。

经过一番退学的波动，我又想起了我的母亲，我给母亲发出了第一封信，说了母亲走后我的情况，特别是把我考上初中爷爷去世后，目前遇到的生活困难，一一地向母亲做了详细的汇报。我没有向母亲说父亲的近况，免得引起母亲的生气。信发出去 10 天后，我收到母亲寄来的20 元钱。母亲在来信中鼓励我好好地读书，做一个有志气的男子汉。我眼前的经济危机得到了彻底解决。我体会到了母爱的温暖。

每周星期日，大部分同学回家，要么是拿钱粮，要么是与亲人团聚，帮助家里干些自留地里的农活儿。我大部分星期天是不回家的，自从爷爷去世后，我回青阳岭的次数少，跑石曹岊的次数也不多，因为父亲经常跑外面，我回去一个人，也没有看望的。因而我就少回家，把时间放到读书上。不过，大部分星期天我不是认真复习课文，而是把精力花在了看"闲书"或"古书"方面。当时，这两类书学校是不准公开看，当然，学校也没有表示不让学生去看。我利用星期天，与同学们借来许多"禁书"，比如《三家港》《苦菜花》《迎春花》《朝阳花》……《红与黑》《巴黎圣母院》等书籍。有些小说并不是"禁书"，学校是允许学生看的。学校有个小图书馆，可以让学生借着看。我记得我借了刘小利的《平妖传》《红楼梦》，还借了王富长的《吕梁英雄传》《红岩》等书。我从早到晚，能把几十万字的小说粗略地看一遍，看得头脑发涨，昏天黑地，人都钻进了书里，变成了书中的人物……在沙峁中学读书的两年半里，我读了大量古今中外的各种书籍，这为后来的写作奠定了基础，可也影响了我正常的课文的学习，到初二年级后我的"数理化"三门主课明显地学习成绩下降。偏科现象的出现，导致了我后来恢复高考两次都落榜（这是后话）。

初二级两个班共 80 多名学生，平日里大家都知道谁学习好，谁学习差，谁是单科"状元"，谁是多面手优等生。我们那一级学生的确很重视知识课的学习，谁学习好，名列前 5 名，谁就受到同学们的敬佩，谁若学习不好，是"底子"学生，谁就感到有羞耻感，见了同学抬不起头。比如我班的女同学刘双娥，她是两个班的数学"尖子"，数学单科考试总是第 1 名。刘润世、刘亚平、刘小利、李治邦、李爱珍、贺云、王富长、刘裕林等同学各科都比较学得好，是上中等成绩学生。

临毕业时，各班照相留念，又进行了考试。不知是什么原因，我们这一级应届毕业生没有进行升学考试，而全都是由班里推荐，学校最后评选录取，也就是说是推荐的上高中。按照上级文件要求，初中升高中的比例是 20%，10 名学生只能有两名念高中的机会。推荐、评选是相当激烈的，从学习成绩、思想表现、道德修养、身体状况、家庭关系等都很重要。有"地、富、反、坏、右"五个背景的学生是很难被推荐上的。按照这一届毕业生的总数比例，应上高中读书的学生为 17 人。我被推荐上了。不过，争议也比较大，班里有一部分同学认为，我的理科学得不如文科，是典型的偏科生，若是硬考试，很难考上高中。而多数同学认为，若硬考试的话，我一定会考出好成绩，作为文课拔尖生，肯定会考上的。老师中间对我也有不同声音，主要还是认为我理科学得不是很好。但是，最终师生们还是形成统一意见，推荐我上高中。大概推荐我上高中的理由有三：

一是我文科成绩好，尤其是政治、历史两科最好，作文写的本届初中毕业生获第一名；

二是我给学校团总支和班里办了两年半黑板报，为学校的宣传工作做出了贡献，还参加了学校的文艺宣传队；

三是我出身贫困家庭，是党和政府出钱粮培养我上学，对共产党、毛主席有深厚的阶级感情。

这三条基本上符合客观实际。我站到学校大门前的窟野河边深深地吸了口气，真想喊几声口号：同学万岁！老师万岁！共产党万岁！毛主席万岁！祖国万岁！青春万岁！

一个一场大雪覆盖陕北高原的早晨，我和同学们捧着初中毕业证书离开了沙峁中学。

母校，再见吧！我深深地爱着您！

这是 1973 年农历腊月上旬的一个下雪天……

九、在马镇中学读书的时光

1974 年刚过老年和元宵节，我来到贺家川中学读高中。在贺家川中学读了半年，由于我家把户口从石曹峁村迁到了青阳岭村，因而我从贺家川中学转到马镇中学。马镇中学是一所刚成立高中班的中学，主要接收由栏杆堡、瓦罗、马镇 3 个公社考上的高中学生。这是一所高级中学，包括初中，高中学生只有两个班，高二班和高一班，每个班只有学生 40 人左右。我从贺家川中学转到马镇中学的原因有三：一是因迁家到青阳岭村；二是就近上学；三是因生活困难所逼。石曹峁村归沙峁公社，青阳岭村划瓦罗公社。青阳岭村到马镇 30 华里，距贺家川 50 华里，还要过一条窟野河。其实，我转学最主要的一条理由是石曹峁村没有了住的窑洞。

为了供我上学，父亲征得我同意，把爷爷分给我家的一孔老祖宗留下的石窑洞卖掉。这是一孔清朝末年修建的石窑洞，在石曹峁村的东山坡的尽头。我家在石曹峁村有两孔老祖宗留下的石窑洞，一孔属于爷爷，一孔属于二爷爷的。二爷爷当年参加八路军打仗临牺牲前把属于他的那孔窑洞交给了他 3 岁的儿子，也就是我的叔伯叔父书权。我家的那孔窑洞以 350 元也卖给了这位同姓曾祖爷。我到马镇中学读书，有了经济保障，再也不用吃国家返销粮和救济款。可是，我心里难过得很，一个人走到学校大门外的枣林围合的小道上，止不住偷偷地掉下了眼泪。为了供我读书，父亲卖掉了老祖宗唯一的遗产。那些年月，在陕北农村，卖窑洞，卖房产是一件很不光彩的事情，是一种败家子的行为。我悔恨，我痛心，我羞愧，我有愧于老祖宗和爷爷。当然，父亲更难受，在我面前表现出无可奈何的样子。在父亲看来，只有卖掉老祖宗遗留下的窑洞，才能保障我读完两年高中。

供子读书是第一位的头等大事啊！这是父亲的认识，也是他一生中自我评价做的一件十分有意义的事情。（这是 20 年后我调入北京工作父亲反复对我讲的一句话。）不错，没有父亲的重视和关心，我不可能上初中和读高中，也不会有后来我的今天。父亲卖窑洞有他足够的理由。居住的窑洞卖了，还可以修建，孩子误过了读书年龄，再也没有机会。我家迁到青阳岭村后，住在爷爷生前住的土窑洞内。青阳岭已经是有 6 户人家的村子。父亲们弟兄分成的 4 户，大叔父的大儿子俊堂为一户，二爷爷的儿子书权为一户。这 6 户人家为一个生产小队，归仓上大队所管辖。青阳岭村每年生产的粮食是可以解决全村人的温饱问题。我家迁到青阳岭这也应是一个足够的理由。父亲对我说："孩子，好好地认真读书吧，高中生，就是名副其实的秀才啊！"父亲的话里还有另一层含义："小子，不认真读书，可对不起你老爷爷和你爷爷啊！350 元钱，是老祖宗的血汗钱啊！"

我明白父亲讲的话意。我已经是一个 18 岁的青年，进入了成年人的年龄段。变卖家产读书，压力是不小的。我的肩头沉沉的，心窝闷着一股气。我在贺家川中学读高一的半年里，又发挥了自己的长处，给班里办黑板报，转马镇中学不到两周，我的这一特长又不知是怎么让老师和同学们发现的。班主任兼语文老师任宁生找我谈话，了解我在沙峁中学读初中和在贺家川中学读高中半年的情况，我如实做了回答。任老师说，我的转学介绍说我是"三好学生"，学生档案里有我办黑板报的经历，他要我继续办黑板报。我答应了。心里想，我就是一个办黑板报的料儿，连学生档案里都写进去了，而且学校毕业走出社会，可能还会继续办黑板报。任老师看出了我的心思，很认真地说："千万不可小瞧一块黑板报，这是咱高一班也是全校宣传马列主义、毛泽东思想的一块阵地，也是"批林批孔""反修防修"的重要武器之一。懂吗？"任老师反复强调。我点点头答："我懂，我明白，我一定把黑板报办好，办出特色。"

马镇中学连高一班、高二班加初中一年级、初二年级两个班在内，也就是 200 多名学生。这是教育改革后新成立的一所中学。学校的地理位置在全县各所中学里是数一数二的。除过神木中学在县城而外，就数马镇中学地理环境优越。学校坐落在马镇公社所在地，背靠大山，怀抱黄河，被十里枣林围合着。学校向北还有一条 20 多公里的深沟，沟中一年四季的长流水归入黄河，冲起美丽的浪花。大约过了四周，我连续办了两期黑板报，又作了两次作文，引起任宁生老师和班里同学的刮目相看。有一次任老师在课堂上问我，是不是读过古典文学和文言文，我回答，我 7 岁时读过《三国演义》，也读过孔子的《论语》，还有《大学》《中庸》……我的回答引起同学们的一阵议论，也叫任老师大吃一惊。那个年月，一个青年学生读这类书虽然不会被打成"封、资、修"的徒子徒孙，也会当成思想不健康的苗子。好在任老师惊讶之后再没有过问，同学们议论吵嚷一番后也就过去了。

我发现任老师每次讲语文课时，在讲到有关"批孔"的内容，总是把孔子的一些原文、董仲舒的原文、司马迁的原文、荀子的原文认真地讲。他不是叫我们去批判，而是教我们这些古文写作的语言如何生动、内容怎样丰富，主题又反映了时代的真实性……

我逐渐了解到，任宁生老师是当时神木的一个"大儒"，在中学时代参与办一份"墨海学会"刊物，差一点儿被打成"反革命分子"关起来。《墨海学会》是 20 世纪 60 年代初发生在神木的一起冤案，有好多爱好文学的青年受株连入狱。我的二姨夫董维凡就是其中之一，被判刑 7 年，刑满后全家被赶出城里迁到北乡的一个农村。任宁生老师对我的学古文、看古书表露出了复杂的心态。我能看出来，他是害怕我会步入他们那一代青年曾走的"墨海"老路。随着年龄的增长和时代的急剧变化，我读的书籍越来越杂，视野也越来越开阔，雄心也越来越大。一个比较现实的问题摆在了面前，高中毕业后干什么？是回青阳岭村参加生产劳动，还是继续上大学读书？当时的教育情况是高中毕业后必须有两年的劳动锻炼才能有条件推荐上大学。而且大学生只能从工农兵中产生推荐。我和班里的同学都在想着这个问题。说实在的，那时对回乡参加劳动当成是一件十分光荣的事情。读大学当然好，读不上回村修理地球也是高兴的。学生热爱劳动是那个时代全体学生的优良品德，是时代的需要，也是教育方针本身改革的胜利。一个民族的青年学生一旦都不愿意参加体力劳动，即使文化知识再掌握得丰富也是整个民族的悲哀，教育的失败，时代的不光彩。"五七"指示中讲，学生不但学文，也要学工、学农、学军，也要批判资产阶级……（那时我们这些高中生对毛泽东主席讲的这句话理解得非常浅薄，如今回头看，这句话的现实意义和历史意义越来越深远。恐怕谁也否定不了其深刻的预见性、正确性、科学性、引领性。）

学农，是马镇中学十分重视的一项工作。这主要有两个方面的考虑，一是大势所趋，为了贯彻毛主席的"五七"指示精神；二是从学校本身的实际情况出发，为解决学校师生的吃蔬菜困难问题。马镇中学与沙峁、贺家川中学一样，学生的口粮都是每个学生从家中带来的，蔬菜拿钱到集市上买。马镇虽然紧靠黄河岸边，可水地比较少，沿黄河岸的农民人均也就是1.5亩，大部分种了玉米、高粱等农作物。农民自留地里种的蔬菜仅够自己吃，因而学生拿伙食费买蔬菜吃价格比较贵。为了解决学校200多名师生的吃蔬菜困难问题，在校长田禾林的倡议下，经与马镇生产大队协商，在学校向北那条沟里的5里处，选择了一块乱石沙滩，作为"学农基地"，围坝修田。开展兴修"学农基地"的劳动是紧张又艰苦的。为了集中时间早些日子修出能种蔬菜的水浇地，学校统一增加了每周的劳动课，每个年级、每个班，由过去一周1次改为一周2次，时间由一节45分钟增加为1小时30分钟。劳动的场面十分壮观，各班班主任老师带头，所有学生按班轮换的参加劳动。破石头，抬石头，搬石头，推沙石，垒墙，用抽水机抽水冲击黄土灌入整平的沙地……整个工地师生们干得热火朝天，你追我赶，争抢着干重活儿、脏活儿。这是发生在1974年秋天的事情。40天内，马镇中学修出水浇地5亩，这在全公社、全县也是个奇迹。我用黑板报，连续刊出四期，写文章表扬师生们修"学农基地"的伟大精神。我写了一篇300字的稿子，经任宁生老师修改，田禾林校长审阅签字盖章后，寄给了县广播站，很快广播了。一篇广播稿，既是对马镇中学全体师生参与修"学农基地"事迹的表扬和肯定，也是对我个人的鼓励。我写稿投稿的热情就是从此正式开始萌发的。我成了一名神木县广播站的通讯员。

第二年的上学期，也就是1975年的春夏，学校在兴修的"学农基地"

种上白菜、菠菜、豆角、西红柿、茄子……很快见到效益。刚进入夏季，师生们就吃上了自己生产的蔬菜。为此，我写了一首打油诗，登在了黑板报：

> 师生苦干洒血汗，
> 乱石沙滩变粮田。
> 立下愚公移山志，
> 定叫日月换新天。

　　热爱劳动，参加劳动，用劳动行为来锻炼意志，武装思想，是那个时代教育的一个重要方面。马镇中学除了自己兴修"学农基地"而外，还组织学生参加马镇、葛富村等沿河生产大队的治理黄河的劳动。我和同学们先后两次去黄河边抱石头、推土参加筑河堤劳动。：1974年深秋，我班同学给葛富村打红枣，大家每人不仅吃了一肚红枣，回来时袄兜、裤兜都装满了大红枣。公社社员思想觉悟很高，对生产大队的一颗枣儿都不拿回自家，却让我们这些学生吃红枣后再带着红枣。红枣是马镇公社沿黄河畔和部分山区农村的主要特产，也是重要的经济来源。除大部分枣树归集体所有外，少部分属于社员个体户的自留枣树。社员劳动一天的工分，能分到一元钱。这在当时来说是很高的收入。因而山区的姑娘争抢着往马镇、葛富、合河、盘塘等沿黄河岸边的村子嫁。我小姑就是嫁到了葛富村，我有时星期天就到葛富村小姑家吃红枣。马镇中学建在这样一个自然条件较好的地方，对改善师生的生活条件是有好处的。

　　夏季的马镇，简直是一个神仙居住的地方。星期天，我们好多同学不回家，住在学校除了复习功课外，三个一伙、五个一群到黄河边观赏黄河的美景。黄河边新筑了一条5华里的大堤，全是用石头、水泥垒起的，上面可以走人。岸边还建了一个抽水站，把黄河水用抽水机抽上来灌溉农田。我们站到河堤，手拽着倒连的枣枝，望着河中央的行船，一个个心情特别的爽快。高中的语文，尤其是高二的语文课，编入了不少古文、古诗。古诗主要以唐诗、宋词为主。任宁生老师给我们讲得手舞足蹈，神采飞扬。我们大家听得入神入迷。背诵唐宋诗词是那一年马镇中学兴起的一股校风。我和同学们站在黄河岸边的大堤，情绪激动，思潮翻滚。遥想古人，展望未来，说不出的一种情怀油然而生。我最爱站在黄河大堤欣赏着惊涛与浪花、行船、白云、群山、树林构成的景色，大声朗诵苏东坡的《赤壁怀古》。

大江东去，浪淘尽，千古风流人物。故垒西边，人道是，三国周郎赤壁。乱石穿空，惊涛拍岸，卷起千堆雪。江山如画，一时多少豪杰！

遥想公瑾当年，小乔初嫁了，雄姿英发。羽扇纶巾，谈笑间，樯橹灰飞烟灭。故国神游，多情应笑我，早生华发。人生如梦，一尊还酹江月。

对于苏轼老先生的这首词，我早在儿童时代就背会了，越读越背越有味道。伴随着年龄的增大，知识的增多，我对这首词的理解越来越深刻，越来越有新的感悟。我是把眼前的黄河比作长江的，仿佛孙权、刘备联合破曹的赤壁古战场就在马镇中学的黄河古渡。战火燃烧，人喊马叫，鼓角齐鸣，万箭乱飞，涛声滚滚，风卷树摇……整个历史的时空拉回到了1800多年前的那场改变中国历史命运的战争。

我在这样想，也在这样看待人类历史的推进过程。是战争把人类的一种文明毁灭掉，又在战争的废墟上构筑起另一种新的文明。这就是历史，也折射出当时我所处的时代的一部缩影。天下并不太平。苏修（联）、美帝（国）两个超级大国，妄想称霸世界。世界上到处爆发战争。中国国内一场接一场的政治运动席卷全国。从"批林整风"到"批林批孔"，又到"评法批儒"……黄河的浪花飞溅到了我的全身，浸透着我的肌体，也浸透着每一个同学的心扉。我们正在走向成熟，走向学校以外的世界，想古人，看今人，望未来人，感到肩头像担负着千万斤重担。我们将来向何处去，中国向何处去，人类向何处去——

九曲黄河的日夜奔流，加速了我和同学们的成长。读书为什么？为什么要读书？读了书能够干什么？我在思索着这些问题。做无产阶级革命事业的接班人，是政治老师和语文老师几乎在每节课上为我们讲的一个主题。可是，无产阶级在哪里？什么又叫"革命事业"？一连串问题的提出使我和同学们无法回答。从高一到高二，除了语文课增加了古文和一些文学作品而外，又开设了英语课，特别是政治课内容相当丰富，也很深刻、浑厚。不只是学习课文本身的内容，学校还规定让我们读《毛主席著作》四卷本、《共产党宣言》《法兰西内战》《资本论》《反杜林论》《国家与革命》《帝国主义是资本主义的最高阶段》等马、恩、列、斯的著作。整个学校在一种浓厚的学习气氛中包围着。我的课余时间几乎都被读伟人的著作和办黑板报挤占，到了晚上10点钟睡觉时累得四肢酸痛。到了高二那一年上学期，我由于一场感冒，引起肺结核和胸膜炎，我一边到马镇医院治疗，一边坚持读书，参加学校的各种活动。大约用了两个月的时间，治疗好了肺结核和胸膜炎。（但是，从此也埋伏下了一直到40年后我才发现的冠心病，也就是心血管病。）

我在马镇中学读书期间，母亲随着郭应华伯伯的工作调动，已经回到神木城安了家，并生下我的异父同母的大妹子和二妹子。母亲走到哪里，我思念的那颗心追随到哪里。因为我是一个大人了，我对母亲的理解有了比较深刻的认识。

高中实行的也是两年制，高二就是毕业班。课程安排得很重，学校活动又多，搞得我一天到晚都在读书和活动中。为了把书本知识学习好，真正把学校规定的课文和辅助书籍弄懂，在我的提议下，班里成立了一个学习小组，有我和王埃明、焦忠慧、阮建明、刘战堂、郭智斌等同学参加，按照各自的特长，分别辅导语文、历史、数学、物理、化学、英语6门主课。我负责给大家辅导语文和历史。我们规定每晚在自习期间为学习小组辅导学习时间。这样坚持了不到两周，麻烦来了。这事很快被班主任任宁生老师和校长田禾林知道了。本来是一件好事情，学生组织起来学习课文也没有什么，可是经有的同学误传，学习小组的辅导学习课文活动变了，说乔盛（我已改名为乔盛）成立了一个组织，不只是读书，还要参与校外的社会活动。任宁生老师听说后很害怕，把我叫去谈话，我如实说明情况。

任老师说，学习是一件好事，读书是有益的，但是，没有必要成立一个学习小组。任老师要求我们6个同学取消学习小组。我问为什么？他好长时间才回答我，没有为什么。他说我太年轻了，不够成熟。他补充说："你认为自己成立的是学习小组，而别人不这么看。有些事情很微妙，好事情会当成坏事情来对待的。"经任老师反复开导，我明白了其中的道理，他差一点儿就讲出当年他们那一代青年办《墨海学会》刊物遭打成"现行反革命"的往事来。我点点头，同意取消学习小组。任老师如释重负，找我谈话后，又专门向学校和田禾林校长做了汇报。

建立学习小组风波平息后，我似乎觉得成熟了一些，变得在同学们面前少言寡语，办黑板报也小心翼翼，不敢刊登思想激情高涨的诗歌、散文一类稿子。不过，我积极要求上进的行动一直没有停下来，放学后争做好人好事，比如打扫院子内的卫生，擦教室的玻璃，帮助食堂到不远处的水井用平板车拉水……大概是到了临毕业的前两周，学校传达了全国农业学大寨会议精神，动员我们毕业班坚决响应党中央、毛主席的伟大号召，回农村第一线去，建设社会主义新农村……

我的思想是复杂的，回老家青阳岭村当然好，参加父子村的生产劳动，为彻底改变青阳岭的面貌做贡献。可是，我的思想的翅膀似乎飞得很高很远。我在想马镇、神木、榆林、陕西乃至中国以外的世界上大大小小的事情，我在想台湾何时能解放，朝鲜半岛什么时候南北统一，非洲各国人民的革命斗争何时才能最后取得胜利，中国与苏联之间的关系会不会进一步恶化演变成一场战争，还有美国对亚洲越南等国家的欺负何时才能结束……

我思索的这些问题已经超出了一个高中学生的范畴。升学与高考是没有希望的。上面已有明文规定，高中学生必须有两年时间的接受贫下中农再教育，或者叫火热农村生活的锻炼，才有资格被推荐上工农兵大学。我只能按照时局设置的框架行走。1975年农历十月下旬，也就是1976年1月8日，又是一个下雪天，我和同学们在马镇中学高中毕业了，背着铺盖，踏着积雪，走在返村的崎岖山路上。

黄河古渡岸边的马镇中学，再见了！

十、我的教师生涯

1976年1月8日，我高中毕业后回到父子村青阳岭。

青阳岭已经是有着6户人家30多口人的一个生产小队。严格意义上讲，是中国的一家人的村庄。

我是青阳岭村有史以来学历最高的秀才。我虽然在1966年至1970年念小学时念时停，但是，毕竟读了连初中加高中四年半的正规学校的书，是名副其实的高中毕业生。青阳岭村因我的回村增加了光彩。围绕我做什么、将来又干什么等问题，父亲和几个叔父还有三妈、四妈他们展开了反复的讨论，尤其父亲更是着急，他不愿意看到我回村参加劳动生产的现实生活。父亲从心底里认为体力劳动不是知识分子干的事情，他当初回农村就是一种错误的选择。如果不要回农村当农民，继续在县城给县太爷当秘书，母亲肯定不会与他离婚。但是，父亲也不敢公开反对我回村劳动是贬低我这个小知识分子。

经过父亲和叔父们的一番讨论、商量，最后决定青阳岭村创办小学，让我来当教师。这是一件两全齐美的事情。既解决了我的工作问题，又使青阳岭村建立学校，满足孩子们的上学需求。青阳岭村因过去没有小学，我的两个姑姑、一个叔父、一个叔伯哥哥、3个叔伯姐姐还有3个与我年龄相近的叔伯弟弟大都跑二里之外的仓上小学读书，他们只读了一二年级就失学了，只有叔伯弟弟乔虎堂、乔文考、乔乐堂读过高中和初中。全青阳岭有可以入学的儿童8人，因跑仓上村小学念书路程远不能上学。我的回村当教师，创办小学，弥补了青阳岭没有小学的空缺。创办青阳岭小学的建议很快得到仓上大队同意，又报瓦罗公社学区批准，正式成为一所全日制的民办小学。第一任教师由我来担任。我成了8个学生的民办小学老师。学生全是我的叔伯弟弟、妹妹、侄子。

　　学校建在叔伯叔父书权家过去住过的一孔旧土窑洞，已有上百年的历史，里面被烟火烤得发黑，门面破破烂烂，经常往下掉泥土。没有桌凳，叔父们把各家的凳子拿来，将木板用石头支起当课桌，把切菜的案板用墨汁染过当黑板。一切都是自力更生，自己动手。备课用的桌子是一只吃饭用的四方炕桌，榆木的，搬起来挺重的。晚上用的是煤油灯，没有电。瓦罗公社那时所有生产大队、小队，都没有解决通电问题。

　　我的教学任务是很重的。8个学生，分成两个年级，一切从头开始，从最基础的认识阿拉伯10个数字开始教起。孩子们的接受能力不等，一样的接受教育，有的一教就会，有的教三遍五遍记不住。我很着急，不能让一个学生掉队，他们都是与我有血缘关系的，是一个老祖宗的后代。我要对得起老祖宗，对得起爷爷、叔父们对我的期望。我白天认真教，一个接一个孩子单独给教，反复教，多遍教……我给每个孩子手把手教写字，一句一句给教课文，一个字一个字教……

　　最初的两周，孩子们出于一种好奇，很听我的话，识字读书挺认真，也能够遵守作息时间。到了第三周，麻烦事就来了。首先是他们大都在学校里坐不住，不习惯这样关在窑洞里整天念书本识字，还有我是他们的哥哥，或是叔父，他们心里没有把我当成真正的老师。他们不习惯我给他们制定的那些规矩（纪律），饿了就自己不请假跑回家找东西吃，不到下课时间就到院子内玩耍。我对他们发脾气不行，好言哄劝也不成，反正是软硬都使不上。父子村的孩子，父子村的学生，父子村的老师，父子村的规章制度，似乎在这个小山村形成了与外界隔绝的独特的社会风气、家族风气、人与人之间的特殊关系。由此，我想到我小的时候父亲做我的老师一样，父亲在我心目中，永远是一个父亲，始终没有走进我的灵魂世界成为一名我尊敬的老师。在父亲与老师之间的距离是遥远的。哥哥与弟弟、妹妹、侄子之间的距离与老师与学生之间的距离是不等的。我深刻地认识到了这一点。父子村的老师不好当，特别是孩子与孩子之间的接受能力差距较大，就100个数字来讲，有的教几遍就能背诵下来，数字也能写下来，可是，有的孩子一周、两周都教不会。"大、小、多、少、人、口、山、日、月、上、中、下"12个字，一天连一个字也记不住。左耳进去，右耳出来，就是三番五次听不进去。启蒙教育对个别孩子是不起作用的。我与叔父们交流，把情况如实告诉他们，弟妹们不认真学怎么办，叔父们笑说："没关系，你就当成是照料孩子，哄着弟妹们玩。"这怎么能行啊！我是老师，我有责任和义务给弟妹们教字教课文，从德、智、体全方面发展。

在到公社学区举行的分片（站）教师会议上，我向各位老师谈了自己的教学体会，初入学的儿童接受能力差，应该采取什么方式教育。老师们听了我的介绍和苦恼，一个个谈自己的教学体会。他们说对刚入学的儿童，要有耐心，不能着急，要针对不同性格的孩子，采取不同的教学方法。比方说给孩子们讲故事、讲笑话与幽默，引导孩子对认字念书有兴趣，还有千万不能对小孩子发脾气，那样孩子会与老师形成"顶牛"现象，再进行启发教育就会失灵……

我把其他老师的教学经验牢牢地记在心，回到青阳岭小学后试着去引导孩子们。果然，原来接受能力差的孩子有所转化。上语文课时，我首先讲一个简短的故事，以提高孩子们的注意力。我讲，从前呢，有一个小孩，经常偷懒，每次吃饭都要他妈妈把饭碗端到面前。有一次，他妈妈到外婆家，临走时，做了一个大饼子，套在小孩的脖子上。他妈走了后，小孩饿了，只吃脖子前面离嘴近的饼子，连后脖子上套着的半块饼子也懒得吃，结果饿死了……讲故事带来的效果的确不错。弟妹们每上一节课，就学我的样子，还不等我开口，他们一齐大声说："从前呢，有一个小孩……"

给孩子们上课自有一番乐趣，我的精力白天花在教学上外，到了晚上我挤出三至四小时，一边拼命读各种书籍，听收音机，了解国内外发生的大事小事，一边写稿子。我写的稿子大都是理论性的一类文章，或者叫作言论、杂文、小评论一类的稿子。稿子写好后，我利用星期天，来回跑40华里山路，到瓦罗公社邮电所寄出。我投稿往往是一篇稿子用复写纸一复四份，分别寄给神木县广播站、当时的《榆林报》《陕西日报》《人民日报》，有时也给上海的《文汇报》投稿。我除了写理论性的稿子外，还写散文、小小说、诗歌、故事，给那时的《陕西文艺》、上海《朝霞》等文学刊物寄去。不过，几乎是百分之九十九的投不准。除了读高中时投准一篇稿子外，第一次投稿投准的还是神木县广播站。瓦罗公社各生产队（自然村）都已经安装了有线广播，入户率达到了85%。青阳岭村也家家安装有喇叭。学校当然也安装喇叭。第一次听到广播里广播"现在播送瓦罗公社乔盛写的广播稿，题目是：要重视抓农村教育……"我的心窝热乎乎的，感到像受到表扬奖励一样，高兴得不得了。上学期，我写的稿子一共被县广播站采用了5篇，不仅为我赢得了名声，也给瓦罗公社增添了光彩。我的声誉迅速在全瓦罗公社传开，特别是在全公社教师队伍中间传遍了。暑假期间我回瓦罗公社学区开教师会，领导点名让我介绍教学经验，并被评为全公社的模范教师。我的付出得到了认可和尊重。与此同时，县广播站也给我寄来了聘书，正式聘请我为神木县广播站的特约通讯员。

整个暑假，我没有闲着，每天看书写稿，跑瓦罗公社邮电所寄稿子。后学期开学后，我又认真地开始教书，除给8个孩子教书本上规定的知识外，也穿插教一些地理、历史、自然、科学等常识。我教孩子们中国有多少个省、市、自治区、各省会在哪一座城市，世界上有多少个国家，我国有多少个民族、中国历史经历了多少个朝代，中国第一个封建皇帝是谁、最后一个封建皇帝又是谁……天上为什么会有云彩，为什么会响雷、打闪、下雨……地震是怎么一回事情，等等小知识。我恨不得把自己所学的知识全部教给我的小弟弟、小妹妹、小侄子他们。孩子们的记忆力增加了，每个人都认会了近300多个字，对100以内的加减法都会用笔计算，并掌握了许多书本上没有的知识。我为自己取得成绩而高兴，也为自己的未来设想着各种各样的蓝图。我人在四面大山围合的青阳岭，抬头只看见一片蓝天，而心飞向了大山以外的世界，尤其是到了后学期的10月份，我的心情很沉重，耳闻了7月28日的唐山大地震，经历了9月9日毛泽东主席逝世的不幸，又听到北京发生的"四人帮"事件，我似乎觉得自己又成熟了一些，懂得了不少关心国家大事的道理。我在教着书，一刻也不停地写稿、寄稿，用写信的方式与外界交流……

青阳岭的重山是美丽的，青阳岭村头顶的蓝天白云是可爱的，青阳岭的一草一木，一花一鸟都在深深地吸引着我。星期天，我有时走到村山头顶的大梁山顶，展开双胳膊，抬头远望，用力合抱，仿佛要搂抱住一个真实的美梦。20岁，已经是一个成熟的大人，再也不是一个单纯的中学生。我是一个教师，尽管是一个8个孩子的山村民办小学教师，可是，我有追求，有理想，有信仰，有明确的奋斗目标。我要做无产阶级革命事业的接班人。瓦罗发生了什么事情，神木发生了什么事情，榆林发生了什么事情，西安、北京又发生了什么事情……

这些事情似乎都与自己的一举一动有关系。唐山大地震啊，到底遇难了多少人？毛泽东主席去世了，中国向何处去？我什么时候才能冲出青阳岭的重山，实现自己的梦想……这一连串的问题，时刻在我脑海里徘徊着。虽然，我痴恋着青阳岭的山山坡坡、沟沟洼洼，对青阳岭父子村有着深深的感情，可是我总想飞离出去实现自己的人生价值。儿时读了那么多描写英雄的书籍，古英雄，今好汉，外国的，中国的……刘邦、项羽、刘备、诸葛亮、关云长、张飞、曹操、孙权、周瑜……李世民、罗成、薛仁贵、李白、杜甫……宋江、武松、朱元璋、李自成……马克思、恩格斯、爱因斯坦、爱迪生、居里夫人、黑格尔、沙特、尼采、托尔斯泰、鲁迅、毛泽东、黄继光、罗盛教、董存瑞、雷锋、焦裕禄……英雄主义的思想在我的血液里滚动着。我走着、站着、坐着、睡着……都在与英雄们交谈、拥抱……我也要当英雄，这是我的真实想法。即使牺牲生命，我也不怕，只要能成为英雄一样的人物，刀山敢上，火海敢闯，干什么事情都行。至于怕苦怕累，根本不在话下。时代的烙印在我的灵魂处留下了一道道标记，洗刷不掉。

我能成为一个顶天立地的英雄吗？我应该从何处奋斗又向何处着落才能做一个对社会有贡献的人？我的思想满脑子都被英雄人物挤占着、推动着、席卷着……青阳岭的大山似乎在阻隔着我起飞的翅膀，青阳岭的土窑洞仿佛在吞噬着我理想的美梦。从青阳岭出发，冲出去，冲出大山去，开辟新的人生航道。我的真实想法驱动着我的行动。我一边认真教书，一边加劲地写稿。教书，写稿；写稿，教书；我眼下只有凭这两条腿走路，才有可能寻找到机会冲杀出青阳岭的崇山峻岭、羊肠小道……

在那些日子里，尤其是毛泽东主席去世后的那些天，我感到头顶的蓝天像要塌下来，我总是想着那些国家领导人考虑的大事情。过去唱惯了"东方红、太阳升，中国出了一个毛泽东"，往后还会继续唱这支人人都会唱的歌吗？我在想啊想啊，有时想得睡不着党，合不上眼。公社学区根据上级规定，每个教师都要读《毛主席选集》四卷本，特别是对《中国社会各阶级的分析》《湖南农民运动考察报告》《整顿党的作风》《反对党八股》《改造我们的学习》《在延安文艺座谈会上讲话》《论联合政府》《论持久战》等文献要反复读，写出新的体会。同时，根据上面文件精神还要学习《马恩列论无产阶级专政下继续革命的三十三条》等《人民日报》《红旗》杂志的有关文章。紧跟形势，紧跟时代，紧跟运动……这大概就是那时的一种社会风气，谁也没有能力改变。作为一个小学民办教师也一样，我不可能摆脱时代对我的影响。我要读书，我要写稿，我要进步，自然不会离开"形势、时代、运动"三个框架设置的行走轨迹。我与外界的沟通主要是依靠写稿表达自己的想法、感情、愿望。从写理论稿到文学作品，都反映了我当时对时代、社会、人生、生活的感受。拥护共产党，热爱共产党，忠实于共产党，把自己的一切献给伟大的中国共产党，是我和千千万万青年的追求和愿望。而对毛主席的敬仰和热爱，几乎到了信徒对教主那样的虔诚。一颗红心向党，脚踏实地干革命，是我的座右铭，也是奋斗方向。革命，斗争，是叫得最响亮的两个词。至于其真正的内涵我不了解多少。时代的狂涛谁也阻挡不To何况一个青年后生刚刚从陕北的大山出发。我的眼前，只看见重叠的大山挤压大山，别的似乎什么也看得很模糊。陕北距北京近1000公里，北京发生了什么，只能从收音机、广播里听到、报纸里看见，其他真实发生的事情等传到青阳岭已经是经过多少遍传说的"小道消息"。

我教书的待遇除了一天8分工外，每月补助6元，包括星期天也在内，我一个月挣240分，一年除过暑假、寒假不挣工分外，我一年实际挣得2400分，相当于一个妇女全年挣的工分。这对我来说，已经是很不错了。收入可观，基本上能够自己解决温饱问题。

到了阳历的12月中旬，离过1977年的元旦还有半个月，我突然接到瓦罗公社办公室的通知，让我放下教学工作，回公社接受新的工作任务。我感到很意外，又很激动。我跑到瓦罗公社撞开公社书记的办公室，问到底发生了什么事情，让我干什么工作，我有些紧张。公社书记说："情况是这样的，经神木县广播站提名，由公社推荐，决定聘用你为县广播站编采员，也就是新闻记者，长期住瓦罗公社广播放大站，并负责栏杆堡、马镇两个公社和瓦罗公社的宣传报道工作，编制为社办人员，接受县广播站和瓦罗公社双重领导。"公社书记又进一步说，"你的情况公社和县里有所了解，从中学时代起就爱好写稿投稿，是难得的新闻人才。年轻人，好好地干吧！这是组织对你的信任，也是重用和考验。"

我听了简直想喊共产党万岁、人民公社万岁。这不是做梦吧，我也不曾把自己的想法告诉公社领导、县广播站的领导，他们怎么就会使用我这个陌生的大山里成长起来的青年人。我弄不懂。也许，这就是那个时代的领导用人之法。唯才是举，唯贤是举。我只能这么理解。（那时几乎在中国我还没有听说过有"走后门""送礼""请客""拉关系"一类的专用名词。）我向公社领导表达了我的心声，我决不辜负组织的希望，到新的工作岗位，尽责尽力，做一名合格的新闻编采员。

我回到青阳岭村，向父亲和叔父们说明情况，他们听了都很高兴，认为我为他们争了光，有出息，将来一定前途更好，是青阳岭的期望。我很快移交了教师手续，接替我的是一位外村调来的刚参加工作的女教师。三天后，我背着铺盖行李，到瓦罗公社广播放大站报到，并搭了一辆拉煤的大汽车回县城到县广播站一并报到，接受新的工作任务。我在县城住了两天接受了工作任务后返回瓦罗。

青阳岭在大山的沟底，瓦罗在大山的半山腰。我从青阳岭的大山来到瓦罗的大山。所不同的是从山沟爬到了半山腰，离山顶留下了一半路程。我的新闻记者生涯开始了，而做了一年的8个孩子的"教书王"画上了句号。

青阳岭小学，永远铸刻在我记忆的长河里。

（"教书王"的生涯是短暂了一些，可是，每当以后我工作变动时总要在档案里填写这段短暂的教书经历，这毕竟是我从学校出来后走向社会的第一站。我当过人民教师，挺光荣的，从四面是大山围合的土窑洞学校与孩子们一起唱过《我爱北京天安门》，还有《东方红》《三大纪律八项注意》和《社会主义好》……

据老家青阳岭后来走出大山的叔伯弟妹们讲，接替我的女教师在青阳岭小学教了两年书后，我的叔伯弟弟文考初中毕业又教了两年，到了80年代初，由于孩子们都念书外出和参加刚承包土地的劳动，学校生源断绝，只好停办，再也没有恢复。

如今，青阳岭村的创办学校以及我的教书经历已经成为一段小山村的历史，只有青阳岭村的人回忆起那个时代时才记起小山村曾办过小学，还走出了一位发展到北京的写书人—"土记者""土作家""土专家"，弄出一些有声有色的名堂，叫世人惊叹，抬头高看。）

十一、在瓦罗的日子

1976年12月底我被录取到瓦罗公社广播放大站搞编采工作。

这个单位的职工，都是属于临时工，是双重管理，归县广播站和公社两家共同所管。对于临时工的含义，我理解得非常浅薄，认为临时工与正式工没有多少区别，反正都是干得一样的工作，大家都在一个锅里吃饭，为国家和人民办事。何况公社广播放大站人员的工资也是由县财政预算，下拨公社后，统一由公社财政再单列支出。临时工与正式工还有什么区别呢？刚参加工作的年轻人，能有碗公饭吃就很不错了，压根没有别的想法。做编采员，是我高中毕业后走向社会的第二次人生转折。

瓦罗公社是神木县南部山区最穷的一个小公社，全公社只有1万多人口。沟连着沟，山套着山，坡对着坡，峁挽着峁。走进瓦罗的深山大沟，犹如走进地球的尽头，找不到东西方位，望不见天高天低。群山挤得人喘不过气来，陡坡旋转得头脚错位。在沟底望山顶，天就盖在山顶，压得脑袋缩进脖子里。瓦罗有多少座山，瓦罗有多少条沟，瓦罗有多少面坡，瓦罗又有多少条狭窄的小道，谁也数不清，谁也没数清过。瓦罗的山瓦罗的沟瓦罗的坡造就了瓦罗人的性格脾气。瓦罗村是瓦罗公社的所在地。瓦罗村在半山洼。两面大山夹一洼。本地人叫洼为坝。洼与城一样又不一样。洼是水与土的结合体。五行之中有其二。而坝是动物脚趾在土地上爬行开辟出的行路。洼与坝构成了瓦罗的地域特性。山里人对洼与坝还有新的注释。人生于洼，一辈子与水与土揉合一起，风雨里行，泥土里滚。一滴一滴的水，一方一方的土，裹着人挟着人，与四脚兽类一般，抓一把泥啃，折一棵草嚼。生生死死，总也离不开"坝"的巢穴。瓦罗山民的世界就是洼与坝延续的世界。我的生活领域或者说工作空间，就在洼与城的世界里。

　　最初的日子，感觉是很不错的。一个月挣 28 元钱，钱数不多，却耐花。一元钱比 20 年后的 20 元人民币都价贵价重。同样的纸币，在不同的时代不同的地方，在市场里显示的价值却不一样。冬天白日短，夜晚长，机关大灶一天两顿饭。早晨开饭时间在上午 11 点钟左右，晚饭为下午 4 点钟。不吃早点，是瓦罗乡下人的习惯。这种不吃早饭的习惯也在公社机关单位沿袭下来。年轻人能干，也能吃饭。这一年，我 21 岁，个子矮，体消瘦，一身蓝咔叽学生服。公社机关的一日两顿饭比我上中学时学校的一日两顿饭好多了。早饭一星期之内，5 天为玉米窝头，两天为白面馒头。午饭多为黄米捞饭就山药煮白菜。晚间夜长，有时饿得睡不着，就向瓦罗村农民买几个山药蛋塞到火炉里烧着吃。山药蛋含淀粉，烧烤熟皮壳焦黄坚硬，肉黏糊滚烫，味道香美。瓦罗公社离县城远，刚修通公路不几年。山里不产煤，老百姓一年四季烧火做饭全靠到深山搂柴。机关单位烧煤到县城北乡的小煤窑高价买。节约用煤是机关单位的一项制度。冬季的三个月里，公社规定一个职工取暖费 17 元，全部买成煤，供度寒冬。瓦罗公社所在地走公路距神木城 110 华里，七拐八扭，或高或低，山路起伏连绵，形如长蛇。煤车路过山谷，村民在山沟里放羊看见了，羡慕得眼睛发红，失声惊叹："看人家公家人，多神气，能用大车装炭烧火做饭。"神木南乡山里人缺柴烧，视炭为宝为金。

　　冬天的日子，我有一半时间是守着火炉度过的。守着火炉值机，守着火炉看书，守着火炉写稿……因为我是公家人，尽管是属于公社八大员序列内的临时工，但毕竟领的是工资，在公社机关大灶同公社书记们一起吃一锅饭。瓦罗公社机关院子共有两排石窑洞，分上下两层。原来院子内没有安大门，后安了个铁栅栏门。公社办公室在下排正中的一孔窑洞，公社党委秘书就住在办公室。公社小院是个杂院，瓦罗邮电所、信用社、农技站、电影队等单位都在一起，一个单位一孔窑洞。只有广播放大站、兽医站不在公社小院内。瓦罗公社广播放大站在公社西边的一侧，相距 100 米左右，单独三孔窑洞，一个小院。广播放大站用人由公社推荐，县广播站考察后录用。神木县当时有 21 个公社。每个公社的广播放大站编制为 2—3 人，几乎 95% 的人员为临时工，也就是社办人员。

这些人员又分两类，一类为机务专业技术人员，一类为编采人员。机务专业技术人员约占总人数的90%。机务专业技术人员又有分工，一种人员侧重维护广播线路，一种重点管理室内的广播通信器材设备。机务专业技术人员相对而言工作量大，技术性强。全县每个公社广播放大站，至少有2名机务专业技术人员，但是编采人员不一定每个公社广播放大站都配备。编采人员都是各个行业选拔出来的笔杆子，算是山里的秀才。有的人到广播放大站干一二年过渡一下就跳走了，或上大学或改行到教育界转为公办教师从政了，而多数编采员被广播新闻事业所迷恋一直干到底。连我在内，有9位编采人员干得时间比较长。他们是贺家川公社的温亚洲、万镇公社的刘艇洋、高家堡公社的李敬明、永兴公社的郭玉芳、瑶镇公社的焦树怀、麻家塔公社的袁怀生、解家堡公社的李来拴、乔岔滩公社的高增堂。我们这些人员大都年龄差不多，爱好新闻写作，生在农村、长在农村。唯有我不一样，生在城市，长在农村，从城市到农村，从农村到城市。

神木县广播站聘用的9位编采员，我敢肯定，在那个时代，我们是山区比较优秀的人才。那时不兴"聘用"一词之说，可是实际上我们9位编采员是新中国成立后新闻广播史上最早被新闻媒体聘用的第一批年轻记者。我们分布在全县各个公社，有时分散行动，有时集中出击。我的工作量是很大的。除了每月给县广播站提供5篇稿件而外（指被采用稿件），公社还有一周2—3次的自办节目。自办节目的稿件，有一半是我采写的。除了编稿，还要播音。有两年，公社把两名机务人员全部抽到搞行政工作和到水库工地上施工去，广播放大站只留下我一个人值班。我可以说是身兼数职，是中国基层最小"电台"的"总管"。我很相信自己的能力。对于工作的热情和态度，我自认为不比雷锋逊色多少。老实说，那时候的我，心中只有一个目标：为实现共产主义远大理想随时都准备牺牲自己的一切。对于死，一点儿也不害怕；对于劳累，更不当一回事情。只有工作，才是最大的乐趣。其他两位同志被公社抽调下乡和到水库工地后，我还要掌握弄懂技术要领。扩大机、接收机是广播转播时的主要设备之一，必须严格按照规章和技术要求进行，否则，随时都会发生意外事故。瓦罗公社那时候还没有通电，各机关单位和广播放大站用电全靠自己发电。广播放大站使用的是 10 马力略阳柴油机厂制造的立式柴油机。这种柴油机笨重，耗油量大，但是钢材质量好。用柴油机带动电动机，把热能转为电能，这种简单的物理常识，我在高中读书时就学过。知识多了是有好处的。实践出真知。我又成了一名技术人员，与机器、电表、钳子、改锥打交道。最令我头痛和着急的是冬天发动柴油机。

每天清晨，赶 6：30 分中央人民广播电台第一套节目播送"新闻和报纸摘要"提前半个小时，必须准时起床，按时发电，让机器提前进入正常运行状态。公社广播放大站按时转播中央人民广播电台的节目，是一件严肃的政治任务，耽误一分钟，可不是一般性质的错误。年轻人爱睡懒觉，这是正常现象，可是我没有睡懒觉的毛病，几乎每天晚上，广播节目转播完了，我点着油灯，开始看书、写作，直到第二天凌晨一两点钟。为保证按时转播，临睡前把闹钟的响铃调好，放到枕头边。铃声一响，如遇大敌，像军人紧急集合一样，赶快穿好衣服，直奔机房。那台立式柴油机，是用手摇把用力摇动起的。我的手本是纤柔无力的，握笔杆时也会颤动，笔杆打磨得食指、中指、大拇指痛。然而，那个近 4 公斤的钢铁家伙，握在我右手里，竟也能飞速转动起来，带动柴油机内的齿轮高速运转，直至通过皮带的传动又牵动了电动机的高速运行。柴油机产生电，人亦产生电。我原也是个电厂，人电是所有电能的总和。那是个给我年轻生命充电的美好日子。

我始终面对严寒季节和困苦岁月不卑不亢，与在瓦罗公社广播放大站玩柴油机是分不开的。人离不开电啊！生命本是电能的不停运转而闪光。那台老式柴油机，吞吐了多少吨柴油、机油，我的账本里有详细的记录。因为我还兼任广播放大站的会计。不光是柴油、机油的斤两、费用要记账，就是开支一盒火柴、一把笤帚、一张纸、一瓶墨水等任何办公用品，都记入明细账和现金流水账、入库账。会计工作和机务技术工作同等重要，不能有半点麻痹大意。技术差错，会出人命，犯大错；经济之误，将招贪婪，惹罪祸。我常为账目里一分钱的不平衡和误差，要细算几遍旧账新账，搞得几天几夜不能闭目。账差一分钱，库错无底洞。这是我兼搞会计的体会。麻雀虽小，五脏俱全。单位不大，物都属公。我是会计，也是出纳，还是保管。一个单位，3个职工，走了两个，只有我独占鳌头。那两位老职工，一个月回机关领一回工资。他们每次回来，都夸奖我一番，我听了，抿嘴笑笑，暗暗表示，一定要认真工作，让组织放心，叫全公社人民满意。其实，我内心对搞财会工作不太喜欢，觉得记账、点钱、与银行打交道太麻烦，有半点儿粗心都会出乱子。可是一想到国家和组织、人民这些大道理，也就认真地去做了。一个单位，让一个刚参加工作的年轻人把经济大权一手包揽，会计、出纳、保管一身兼，这恐怕在中国的财经领域也是首例。更叫组织和领导满意的是，我兼搞了6年单位经济"总管"。我对经济工作的认识和关注就是从瓦罗大山里开始的。（那时，我不懂得什么叫贪污。总觉得占公家一分钱的便宜心里会永远不踏实。这可能是人年轻而心诚的缘故所决定的。对于年轻人的信任和使用是有经验和贤能的伯乐的工作方法之一。）

瓦罗公社仅有20多名干部，连各机关单位的八大员加起来也就是30多人。公社地域小，人口少，干部编制也少。有时连住机关的秘书也要抽去下农村去搞中心工作，只有公社书记或副书记一个光杆司令留守机关，应付和处理日常机关事务。有好几次，公社召开紧急广播大会，公社领导一个人开会，没有人主持会议，在机关的领导就指定由我来代替主持会议。主持一个公社有线广播动员大会的角色，不是谁都可以胜任的。公社书记说："小乔，你来主持吧。"我一听，心里直发慌，脸涨得通红，舌根也僵了。我是有自知之明的。一个广播放大站的编采员，怎么可以以公社领导的身份主持广播大会呢？公社书记看出我的难处，笑着说，怕什么，年轻人，锻炼锻炼。我还能说什么，鼓足勇气，根据会议精神，先写几句草稿，让将要讲话的领导看后，对着话筒，学着主持会议人的腔调，亮开嗓子，大声讲：

各生产大队党支部、革委会、公社各下乡的全体干部请注意：今天晚上，公社党委、公社革委会，就当前冬季农田基本建设召开重要会议，公社党委书记XXX同志将发表重要讲话，请各生产大队和公社下乡的全体干部,组织全体社员认真收听,并将收听情况和贯彻精神会后汇报公社。现在请XXX书记讲话!

我的声音洪亮而深沉,严肃而庄重,虽然音调有些微微颤抖,却也有几分震撼力。公社书记听了,双眼盯住我像审视陌生人似的,然后满意地点点头,开始了他的讲话。

这是我第一次学领导的样子在广播上对着一个公社的上万人发出自己的声音。喝彩声赞美声随后几天折射到我的耳朵里。最简单的是公认领导器重我,可能要转我为正式国家干部,提拔当公社秘书什么的。还有的表扬声让我听了害怕,不认识我的一些生产大队干部听到我主持广播会议的消息,以为我是新调来的公社党委二把手或三把手。后来,我又兼任公社团委副书记、公社机关团支部书记,多次主持这样的会议,除了听到夸奖声外,也听到一些讽刺和嫉妒的闲言碎语。不知天高地厚,这个瘦小子,还想成精,坟里埋进哪个鬼吗?

世界上发生的好事情不一定都是得到赞美声。我第一次懂得这个浅显的道理。人会说人好话,人也会讲人坏话。人褒人,人贬人,都是因一部分人妨碍着另一部分人的生活。那些日子里,我的爱好与兴趣是很广泛的。有一段时期,我购买和搜集了历史类、文学类、哲学类、科技类四种书籍,对地质学、天文学突发奇想。我对苏联的两位科学家写的《地质学》《天文学概论》两本书拼命攻读。有几次夜晚,我拿着手电筒照着书,站到椅子上,抬头仰望夜空,寻找北斗七星和一个个的星座……这成了朋友们笑话我"踏着椅子"观天文的笑料……不过,我的大量时间还是花在写新闻稿和文学写作方面。随着岁月的推进和流逝,我读的书越来越杂,工作干得一天比一天出色,我的文字变成铅字在《榆林报》(今《榆林日报》)和其他小刊物上越来越多。火柴盒、萝卜片、豆腐块大的一篇小文章见报,都让我激动一番,手握住报纸看半天。这是真的吗?没写错吗?是我的名字吗?"乔盛"二字变成铅字印在报纸上就是顺眼。横竖看都比手写在稿纸上好看。稿子见报端显眼,藏到抽屉里永不消失。

自己的声音在录音磁带里播放更是听得让我心醉神飘，晕晕乎乎的。公社自办节目的确锻炼人。我是记者，是编辑，是播音员，是值机员，是机务员……一条龙的工作流水线，一条龙的全方位突进，把我的才智开掘到了顶峰。尽管那是个小山世界不大。

播音是门精湛的艺术。音质好是先天决定的。质量提高是后天培养的。早晚的新闻报纸摘要和新闻联播节目，我是必须认真听认真记。听新闻听重要事件听全国每天发生的大事小事。这是为培养新闻敏感素质。听播音员的声音，是为了掌握播音技巧，从音质方面提高播音业务水平。中央人民广播电台传播的电波卷动着我心潮的涟漪。夏青、方明、铁成、丁然……他们的声音浸润着我的魂魄。每当听到洪亮、雄浑的电波声，我屏住呼吸，静静地聆听："中央人民广播电台，现在是各地人民广播电台联播节目时间。同志们，首先播送这次节目的内容提要……"

我自认为，我的音质是好的，做一个国家一级播音员的资格是具备的。音质差，是不会有大改变的。普通话不好，可以通过刻苦学习逐步提高。我在播音方面是没少下功夫。我很自信，敢于攀高，以夏青、方明、铁成、丁然为榜样，一定要达到一流播音水平。练习发音，掌握音律节奏，是播音技术的关键难题。我跑到村对面的大山顶，在无人看到的地方，拿一张《人民日报》，仿学方明的声音，一遍又一遍地播送评论员文章。我播一句，大山对面传来长久的回声。青春的心声震荡着大山胸脯跳动。声音是没有影子的物体，眼睛对它的形态表现得无能为力。唯有耳朵的听觉力才是识别声音强弱与圆润的试金石。人在处于成熟与不成熟的年龄峡谷间，对世界上发生的一切事情都会产生好奇心。迫切期望求知是青年人的一大特征。神木南乡人的方言土语比较浓厚。同样的字，口读出来，音却不同。广播电台，不读广播电台，而"果不地台"。汉语拼音是标准的普通话，对此，我必须经常去查字典。神木南乡人读北京为"龟井"。按照这样发音，笑话就闹大了。我想把瓦罗公社"广播电台"办成像北京中央人民广播电台那样的水平。即使文字水平达不到，播音质量起码差不了多少。我很狂妄，敢与天公试比高。赶夏青，超方明，要和铁成比谁行。对着连绵无际的远方一座一座光秃秃的荒山野岭，我把嗓门调到了极限，音质发挥到最佳。《人民日报》评论员的文章播送了一遍又一遍。播送次数多了，几乎能倒背下来。来自北京重要会议的新闻公报以及那一连串排名有序的显赫人名，我一字不差能背着读。不知是谁发现了我的举止，感到不可理解。傻子，典型的书呆子。跑到高山顶读报纸背报纸，反反复复唠叨大官们的姓名，能顶个屁用。对大山念经，对天堂虔诚，只有年轻人方能做到，大地当然也有感应。午后天空布满密云，微风里毛毛雨变成连阴雨。水珠飘落下来，淋湿了报纸，白纸黑字，眨眼间，搅成一团秘糊。我哭了，伤透了心，是为报纸和报纸上印着的汉字。雨声哭声代替了播音声，瓦罗山里的人都知道，也都听清了。夏青和方明、铁成他们是永远不会听到远离京城千里之外那个雨中青年人的呐喊声。世界太大，小草太嫩。风雨淹没了一个热血青年大声的呼唤。知识，是一种不贴商标的商品，价昂贵，而真正识货的人并不很多。

　　录制自办节目用的录音机是上海产的交流电带动的老式机器。仅重量就有15千克左右。这对于一个山区公社来讲，却是唯一的也是最先进的一部录音机了。我的声音通过录制磁盘后再经过电流的传送从喇叭里传出，声音比直接从嘴里发出的声音好听几倍。机械与科学加工后的人声更具有人声的特色。我把自己的声音与那几位播音员圣贤的声音相对比，总觉得有几分一样，但是仔细再听，又感到不知在什么方面有着差别。播音圣贤们的声音，一听简直叫人浑身热血奔涌，激情冲动，神经马上处于一种紧张状态。那种声音，山里人把它说成是下达圣旨的声音。用官方话说，就是党的声音、政府的声音。那是一种近乎战争时期拉响的防空警报声。夏青和方明的声音一旦飞出电台播音室，千人万人在街头在工厂在田野听到会立刻停下手中的工作，竖耳静听。我是把他们当成神仙推崇的，因为他们的声音记录下了一个时代的声音。激烈，充满斗志，永远鼓舞人们冲锋在时代最需要的地方。不懂疲劳，不知私欲。清纯的声音，纯净得如明月，净化得年轻人脑海里只装一样东西——为人民服务，死而无怨。青年人都成了雷锋，为官者都是焦裕禄。这有着播音圣贤们的一大功劳。贪恋播音职业，可能是受这种声音感染的一个重要因素。人与人的脑量储存基本上差距不大。聪明与愚笨只有一字之差。人的声音本来只有一种，那就是与野兽咆哮发出的声音不同。我经过多次辨别自己的声音，除了人的声音占主要成分外，或多或少还掺杂着一些原始动物呻吟的抽泣声。我本属猴，从物质贫困的年月走来。儿时吃过树叶草根。猴性人的天性，说灵巧就灵巧，说傻笨就傻笨。要不然，偏偏与北京那几位播音圣贤比什么高低。

民间有一种传说，当年那个南郭先生实际上还是有几分吹箫的真本领，只是不如别人技艺高超罢了。我比南郭先生强，至少不与他人混在一起拍卖嗓子。叫板，就要叫响，响声铮铮有音有味，敢与高手竞争。我给自己规定了目标，不论干什么，首先敢干，朝最高顶峰攀登。即使不成功，失败了也算一种胜利。失败是走向成功的必由之路。胜利与失败在哲学世界里被庄子是画等号的。失败与挫折对于青年人而言，只不过是走路跌了一跤爬起来再行走而已。我是播音田园里的小草。据公社下农村的干部们回来反映，说我的播音声腔还真有那么一点儿像中央人民广播电台大播音员的声音。了不起，能达到这个水平已经是很不简单了。这话讲得不假，也不过分，我认为是比较公正的。

记得那是一个夏季，地、县来了一批检查教育工作的人员。他们在瓦罗住了几天，正好听了我自编自播的自办节目。一位姓黄的老师听了，见我就夸，他刚听了几句，还当成是中央人民广播电台的节目。太精彩了，想不到瓦罗这小山坝还出人才。黄老师问我是不是上过北京广播学院播音系。我红着脸，摇摇头，一句话也答不上来，只是感到犹如领到10万元奖金和评为全国先进工作者那样高兴。一个人的劳动受到他人的肯定是件最荣幸的事情。这是我第一次听他人当面夸我是个人才。在赞誉声中，我把自己的录音录了一盘，寄给陕西人民广播电台。我开始了自我推荐，把自己的声音送到了省城西安。不久，有我录音的磁盘寄了回来，同时收到一封热情洋溢的鼓励信。信是省广播电台的播音组长张祥写的。他说，我的音质的确不错，但是陕北方言太浓。希望我多收听广播电台，与播音员保持联系，不断努力进步。受到鼓舞后，我又从北京邮购了几本播音知识方面的书籍，准备好好下苦功夫向夏青、方明、铁成他们靠近。那时，我不抽烟，不喝酒，更不靠近女色。见了大姑娘，连多看两眼的勇气也没有。做一名合格的播音员，能做到这几方面，对保护嗓音是大有好处的。可惜，现实生活的大潮搅乱了我做一名播音员的美梦。我就是脑瓜子再聪明、精力再充沛，也没有足够的时间去搏击播音学海。眨眼间，我在瓦罗公社广播放大站度过了整整三年。

在这段日子里，当公社自办节目的播音员仅仅是我工作量的十分之一。繁重的写稿任务、值机任务、修理机器任务、维护线路任务以及应付日常杂七杂八的事情，占据了我的大部分时间。这些工作都是我的分内事情。除此，还要每月结账、算账、采购单位所用的一切办公用品，到供销门市部往回拉运一桶上百公斤的柴油。柴油桶装到平车里，需要几个人拉运才能搬动。每次拉柴油，要先请几个相识的干部，帮我一起动手。可是他们有条件，不能白白使用，至少要以一包香烟作为他们的报酬。我只得满足他们的要求。一包香烟，三角钱，对于我不是个小数字，是一天的伙食费。一包香烟的经济价值并不重要，重要的是对他人的助人精神的一种感谢与肯定。吸烟是不文明的举止和有害身体的不良习惯，然而在特定的关键时刻体现了互尊互敬的高尚风格。据说"一支烟外交"超过万千黄金投资的威力。当时我的认识没有这么深刻。敬烟只是礼节与感谢的表现形式。山里的"土八路"干部，欲望不高。我架车，他们把辕，在平板车轮的滚动中一大桶柴油拉到了小院内。这种脏累的差事，一个月要做一次，的确锻炼人的臂力。

有一年，公社团委书记到西安住校学习，把全公社的共青团工作交给了我，这又给我本来繁重的工作加重了担子。我乐于挑起，与青年们打成一片干得有声有色……我与公社妇联主任王引爱、团委委员呼万祥3人一起创办了《青妇报》，报纸办得很有特色，总共办了20多期停刊。

在瓦罗的日子里，我回县城开过几次会，见到了我的母亲。此时，母亲已生下了我的三妹子光兰(大妹子叫兰兰，二妹子叫美兰)。母子见面，其实话说得不多，母亲只是双眼看着我说，长成大人了，时间过得好快啊！母亲让买些好吃的东西，去看望我的奶爹杨巨才一家。我按照母亲的叮嘱去办了。母亲有了自己的家，终于回到了神木城，付出的代价也是很大的，前后时间相隔近20年啊！经历了不知多少风风雨雨……那是人民公社改为乡政府的交接之际，瓦罗成立法庭，当时只有法庭庭长光杆司令一人，乡政府与法庭共同商定集训 200 多名参与赌博的人员，并让我也参加此项工作。所谓集训，实际上就是对这些人进行谈话，审讯，对赌博严重者将进行严厉的法律处理。谈话与审讯还不到三分之一人员，法庭庭长中途回城开会走了，把集训赌博人员的工作交给了我一个人。这是一项严肃而光荣的工作。我既当谈话审讯人，又做书记员，在完成了广播放大站正常的值机任务后，利用 10 天时间，将其余 100 多名参与赌博的人员集训完。这次做临时"法官"对我的启发很深刻。事后，法庭庭长和乡政府的领导表扬了我，说我没有罚一个人的款，没有对一个人发脾气，还让每个参与赌博的人员口服心服认了错，这种工作方法应该保持。我对法律的认识就是从那时入门的。以理服人，依法治人。运用理与法来解决工作中的是非问题，是搞行政工作者必须遵守的原则。

时间概念，对于我来说，是按照分秒计算的。分秒必计必争，不可差错。日子久了，睡眠的时间受钟表的行进速度来制衡。什么时候在甜梦中醒来，到规定的时间，即使闹钟铃声不响，也准时双目张开，如临大敌，以最快的速度穿好衣服，进入柴油机房，开始摇动柴油机发电。用手摇把来发动柴油机，凭借的是力量与技巧的结合。左手压油门，右手握紧摇把绕着圆圈不停地摇动。由慢到快，根据柴油在缸内燃烧程度，猛摇几下，突然抽出摇把，随着"嗵嗵嗵"的响声，飞轮高速运转，皮带轮转动，电动机飞转，配电盘上的灯泡亮起来。从柴油变热能再变电能的表面原理就这么简单。最初的那几次，虽然有老职工手把手指教，柴油机老是不听使唤，摇慢了，不行，摇快了，也不行。力大了，不成，力小了，更不成。那个笨家伙，搞得我有时急得简直要气死，摇动十几次都开动不了，只是"突"几声冒一股黑烟就哑巴了。造成柴油机不能正常启动的其中一个原因是人使用的力时大时小，还在于机器运转过程带来机器自身的某些部件发生了故障。最常见的故障是输油和燃烧系统的活塞环进气和排气门不协调致使机器很难正常开动工作。我不太喜欢摆弄机器，但是这是我的工作，我的事业的重要组成部分，何况在机关的只有我一个人。我必须无条件地认真学习和掌握操作开动、检修柴油机，包括电动机在内的一些机器常识。我是一个共青团员，我是一个编采员，我更是一名工人，与机器整日打交道。柴油机的声音一直伴随着我在瓦罗度过整整 4 个年头，直到 1980 年瓦罗公社通电了，那部立式的 10 马力老式柴油机才完成了他的历史使命。

瓦罗的山是雄浑而无私的，一座座的山荒凉中显富贵，每架山上有村庄，有生机，有灵气。每架山上有坟茔，有歌声，有哭声，有鸟鸣。一架一架的山，东山连西山，南山连北山。山山紧相连，山山连着天宇的尽头。山的头顶，山的浩气。我生长在大山里，对瓦罗的山独有一番深情。走山路，看山势，听山风，闻山里吹来的香气、草气、花气、水气、雾气，都是一种享受，人生最难得到的享受。那些日子里，一有空就跑上瓦罗村头顶的黄土高山，望远处飞翔的野鸟，数一座一座有名和无名的土山石山高山低山大山小山。一个群山聚会的山的世界，在瓦罗显得十分清楚。山里人家祖祖辈辈晨上东山晚下西山。那些年月，我除了干那么多的本职和兼职工作外，有时星期天还到附近的村子参加打坝、修农田、锄地等农活，与庄稼人一起享受种田的快活与辛苦。参加农村的体力劳动是那个时代干部们必须做的事情。劳动光荣，劳动快乐，劳动伟大，是我对瓦罗山的感情、瓦罗山的胸怀的感受。

我始终认为，这 30 多年来，无论走到哪里，都在人面前显得不骄不卑不俗不淫，都与故乡陕北瓦罗的一座座大山养育有着割不断的情缘。弱者面前不横不酷，强者面前不卑不媚，是我做人的准则。做人活的就是一种风骨，一种品格。山的风骨，山的品格，最高贵，最值钱。瓦罗的山贵就贵在有不俗气的风骨与品格。在瓦罗的日子里，我在群山的怀抱中苦读着古今中外的各种名著和杂书，利用业余时间，拼命写作，写过几十篇短篇小说和 4 部长篇小说共 300 多万字，有的宣告流产，有的成为后来出版的长篇小说《黄沙窝》的素材。那时，我年轻气盛，要写一本上百万字的理论著作《物质运动与社会发展》，提纲拟出来了，就是下不了笔，只好放弃。（但是这为我后来写《治国论》《领导论》《干部论》《人才论》等"四论"奠定了一定的基础。）人在年轻的时候，理想的翅膀永远是不停地抖动的。冲出大山，向往城市生活，几乎是所有中国农民的一种共同追求之目标。农村与城市的距离，走起路来，并不遥远，1000 里的路途，乘火车也用不了一天的时间，而要缩小两者之间的政治、经济、文化、教育、科技、卫生、交通、社会福利等内容差距困难就太大了。瓦罗公社离神木县城也就是百十里山路，一天的步行，定可到达。但是瓦罗的农民要赶上县城郊区的农民生活水平就艰难多了。作为一个曾生在城里的城市人，后又回到瓦罗青阳岭的大山里牧羊的孩子，对于农村的大山与城市的高楼有着自己的见解。大山与高楼，一个在农村，一个在城市，自然造就了大山，人们建筑了高楼。人们需要高楼栖身，更需要大山挡风防寒避热。从山里来，再到城里去，享受住高楼的舒适生活，才会体验到山的那股真情最可爱。

我在瓦罗公社广播放大站整整干了 8 年，如今已离别瓦罗 30 多年了，对于瓦罗的思恋一天比一天强烈。生活在繁华的京都，整天与上层各界人士打交道，让现代化的一切生活氛围裹着自己，可是从来也没有在睡梦中梦见一回长安街和颐和园。每天深夜入睡，只要一闭上眼，就回到了青少年时代，不是在瓦罗青阳岭的大山里牧羊放牛，就是在瓦罗放大站摆弄柴油机、修理喇叭、收音机、扩大机……人最难忘的是童年和青年时代。清贫与困苦对于一个人是很难忘记的，而幸福与荣华包括所有的物质财富享受过后很快就被人们所遗忘掉。人贫与人富永远不可能是一种概念的一种解释。贫穷是一个人所有经历过的最富贵的财富，而富贵到达一定极限就什么也不属于了，只能被贪婪与私欲霸占为奴隶而践踏。

关于我的父亲，在我离开瓦罗后，他也回到神木城租房子居住。他再没有娶妻，住到神木城西山——二郎山脚下，发挥他对《易经》研究的特长，干起给人们专职"算命"的行当。有人说他是"疯子"，有人言他是"老革命"，还有人赞他教子有方，培养了我这么一个有出息的儿子，也不枉打一辈子光棍……总之，我的父亲是一个有争议的普通

对于瓦罗，永远是我生命不灭奋斗不止的一个起点。我会记住，我曾在那个山洼里的 8 年，把《共产党宣言》《资本论》《反杜林论》《国家与革命》等伟人的著作精读了百遍千遍。我把那 8 年称为我的"大学

时代"。我坚信,我对好书的品读,始终是科学的,不会陷入教条的死胡同。瓦罗的小山沟不比 19 世纪的法国巴黎落后多少。共产主义最终的胜利,除了城市工业文明的胜利而外,重点还在于小山村的所有农民全部走向觉醒,彻底解放自身和生产力。

大山有真金,瓦罗产真理。瓦罗的山连着天安门。回到瓦罗,就回到我的"大学母校",就能拾到金子,拾到真理,拾到年轻时代。京都人想拾金子就到陕北的瓦罗去,在谣言纷纷登场中想恪守真理与信仰,那一定得去瓦罗走一走看一看。我是想通和开悟了,在北京工作,一年得回一次故乡陕北,先到榆林,再去神木,然后直奔瓦罗(也包括回青阳岭和石曹峁),主要是想看瓦罗的山,摸一摸那台老式柴油机,是否还能再发电。至于金子和真理,当然也想拾到。其实,这两样东西,一直揣在我的怀里,珍藏着。否则,我早就不是我了,爬上功名利禄的高台,早已摔得粉身碎骨。回陕北去,回神木去,回瓦罗去,回青阳岭去,回青少儿时代去,回滚烫的岁月去,永远有收获不尽的硕果。那是早晨,那是文化,那是传统,那是信仰,那是梦想,那是追求……

2015 年 9 月 8 日至 2016 年 1 月 18 日写于北京永定河畔家中
2016 年 6 月 8 日改定于北京永定河畔家中书房

附录

乔盛简历及主要成果

乔盛，男，原名乔小林，笔名塞风、林木，1956年10月生，中共党员，陕西省神木县沙峁镇石曹岇村人，20世纪80年代就读于中国人民大学新闻系。中国人才研究会理事、中国作家协会会员，曾在地方工作，担任副县长等职，现供职于国务院发展研究中心主办主管的中国经济时报社。国家一级作家、研究员、资深编辑记者、人才学、经济学、管理学、社会学研究专家。出版文学、新闻、经济、哲学、人才学、领导管理学著作和发表各类文稿达1000万字。

一、主要经历

1956年10月生于神木县城南关，寄养于一家杨氏家庭。6岁时随父母迁居祖籍神木县沙峁公社石曹岇村。童年时代，受其爷爷乔尚平、父

作者（右二）1998年夏在江西九江长江抗洪前线

亲乔书民、母亲王桂梅的教育和影响，一边从事放牧、种田等生产劳动，一边读书，学习中国古典文学、哲学。7岁时，已能读懂《大学》《中庸》《论语》以及《三国演义》《水浒传》《西游记》等古典小说。1971年考入沙峁中学读初级中学，接触了大量的外国文学、哲学等名著。1974年考入贺家川中学读高中，后又转学马镇高中，并开始了文学、新闻写作给报刊投稿。在两年的高中生活中，受当时的社会影响，乔盛阅读了《共产党宣言》、《资本论》、《反杜林论》、《法兰西内战》、《国家与革命》、《帝国主义是资本主义的最高阶段》、《毛泽东1—4卷》等革命导师的著作。1976年高中毕业回乡后，当民办老师，被评为县公社的模范教师。1977年到瓦罗公社广播放大站工作，做编采员并担任瓦罗公社机关团支部书记、公社团委副书记、代理书记。后又调县广播站做编辑记者。在瓦罗广播放大站期间，多次被公社抽调搞行政工作，与农民结下了深厚的情谊。1983年至1985年在中国人民大学就读新闻专业，并参加了广电部职工新闻进修班，借调在农民日报群众工作部做编辑记者。1986年受聘于陕西日报农村部，并参与和筹办《农家信使报》的编采、发行、经营工作。1988年第二次进北京，受聘参与创办《农民日报》《周末》副刊，并担任文艺副刊版《美在民间》责任编辑。1990年第三次回到家乡神木，参与地方一些企业文化的策划、咨询、发展工作。1992年至1996年在榆林地委驻神木工委工作，参与创办了宣传秦、晋、蒙三省区大开发和神府东胜煤田发展建设的综合性报纸《神府开发报》，并担任社长、总编辑。1997年第三次进北京，调国家人事部主办的中国人事报工作，担任组织人事干部人才战略版《天地人》责任编辑、"人才战略"专栏主持人。2001年调国务院发展研究中心主办主管的中国经济时报社工作。2011年担任青海省互助土族自治县副县长（挂职）。2000年加入中国作家协会。中国作家协会第七次全国代表大会代表。

二、主要贡献

1. 两次在《农民日报》工作期间，为改革开放初期党的农村政策的宣传、贯彻、执行，发挥了积极的推动作用；并用亲身感受和经历到全国各地采写了大量的新闻报道，赢得了广大干部群众的好评；为扶持和培养我国农村文化和文学新人做出了有益的贡献。

2. 在《陕西农民报》《农家信使报》期间，在报社领导的支持下，克服重重困难，为报纸的采编、发行、经营工作做出了积极的贡献。

3. 创办和担任《神府开发报》主要负责人的 5 年中，为当地经济社会发展，为神府东胜煤田的开发建设，付出了艰苦的劳动和努力，提出了许多合理化的建议和科学的发展思路，并为当地培养了一批新闻专业人才和文化文学人才。

4. 在《中国人事报》工作期间，不仅采写了大量具有思想深度和导向性的有关报道、组织人事人才工作的重要稿件，为各地举荐了许多各方面的优秀人才和高级公务员，也为组织人事系统发现和扶持了大批文化文学艺术人才。

5.1998 年 8 月，受国家人事部领导和单位派遣，作为战地记者和作家，奉命紧急赶赴江西九江长江抗洪前线，在中央领导和中央军委领导指挥下，与 3 万多部队官兵一起投入抗洪抢险的伟大战斗。在抗洪抢险战斗中，乔盛体重减少到只有 87 斤，受到上级的表彰，并写出数万字的文学和新闻作品，其长诗《长江军魂的丰碑》出版后受到社会好评。

6.2008 年 5 月 120，四川汶川发生大地震后，乔盛受中共中央宣传部和中国作家协会派遣，作为中国作家抗震抢险采访采风团成员之一，带病紧急赶赴重灾区都江堰、汶川、绵阳、北川、略阳、宝成铁路 109 隧道等地，投入伟大的抗震救灾大行动。汶川抗震，他把生死置之度外，赢得了上级领导和灾区干部群众的爱戴，并参与了《5.12——悲情与壮歌》报告文学的写作。

7. 乔盛作为《中国经济时报》的工作人员之一，在本单位 15 年的工作实践中，为报纸的宣传、经营、事业发展做出了积极的努力和贡献。在此期间，写出了许多具有影响的文学作品和理论专著。

8. 在青海互助土族自治县挂职担任副县长期间，对分管的文化、教育、旅游、森林、土地资源、宗教、信访等工作做出了积极贡献，评为优秀挂职干部。

9. 参与神华集团发展战略的调研活动。

10. 参与了上海发展现代都市农业和实施人才战略的调研活动。

11. 乔盛作为一名多学科的专家、学者，多次组织有关领导、国内著名专家到河北、山西、陕西、安徽、浙江、四川、上海、广东、海南、云南、贵州、吉林、辽宁、内蒙古、宁夏、甘肃、江西、江苏、山东等全国各地进行调研考察活动，为党中央、国务院和地方制定有关政策提供决策依据，为我国经济、文化和社会发展、国有企业改革、组织干部人事人才制度改革完善做出了积极贡献。

三、主要成果

1. 出版著作

散文集：

（1）《黄土地上的美男俊女》（1989年，陕西人民出版社）

（2）《割不断的故土柔情》（1998年，内蒙古人民出版社）

（3）《红山丹》（2000年，北岳文艺出版社）

（4）《黄河长城的绝唱》（2003年，陕西旅游出版社）

小说：

（1）《黄黑谣》（1991年，陕西人民出版社）

（2）《西部儿女的壮歌》（2003年，陕西旅游出版社）

（3）《黄沙窝》（2007年，上海文艺出版社）

理论著作：

（1）《一个记者与作家看世界》（1999年，中国言实出版社）

（2）《西部大开发》（2000年，山西人民出版社）

（3）《人才论》（2008年，中共中央党校出版社）

（4）《干部论》（2010年，中共中央党校出版社）

（5）《领导论》（2011年，中共中央党校出版社）

(6)《治国论》（2013 年，中共中央党校出版社）

(7)《河北发展战略观察》（2006 年，《中国经济时报》连载）

报告文学诗歌集（包括影视剧）：

⑴《马桂仙与牛毛蛋》（长诗，1988 年，《农民日报》连载）

⑵《长江军魂的丰碑》（长诗，2003 年，陕西旅游出版社）

⑶《战争岁月——白坚革命往事》（2005 年，作家出版社）

⑷《大漠落日圆》（电视剧，1989 年，陕西电视台拍摄）

2. 文学及理论创新转化成果

（1）创立以"信天游为主旋律的诗哲性伦派"文学流派。

（2）倡导建立"中国人才节"，提出"用才不用人、用才与用人"谐调统一的新人才观。

（3）20 世纪 90 年代末，作为国内首位提出西部大开发战略的学者，建议国家西部大开发要遵循"三个阶段论"，即：5 年的初期调研规划阶段，20 年的中期铺开突进阶段，25 年的后期可持续发展阶段。

（4）20 世纪 90 年代，提出秦、晋、蒙三省区接壤地带建立内陆大工业特区及特区群概念，为这一特区的经济社会综合谐调发展起到了积极的推动作用。

（5）进入 21 世纪后，提出京冀与津冀两个都市"双环"战略圈和环渤海发展带理论。

（6）提出西安咸阳一体化发展战略理念，并多次参与西安、咸阳两座城市发展调研和重大活动，受到地方政府的重视和采纳。

（7）为党和国家设置和提出人才、干部、领导干部科学化管理的衡量标准。

（8）提出我国经济开发区发展建设的新型运行模式理念。

（9）构想了当代世界社会体制运行的新模式。

（10）调研起草和独立完成了 3 万字的《我国地市级以上领导班子成员结构配置研究》报告。

（11）中共中央党校出版社出版的《领导论》《干部论》《人才论》《治国论》四部100多万字的理论专著，在国内外产生了重要影响，为中国共产党十八大召开制定有关政策、提出总奋斗目标、加强党的建设、干部队伍建设、体制改革设计、治国理政方略提供了必有的思想理论准备和第一手调研材料。

（12）长篇报告文学《战争岁月》、长篇小说《黄沙窝》、理论专著《人才论》等文学和理论著作出版后，主办方先后3次专门在北京人民大会堂举行研讨会，受到党和国家领导人、广大读者的充分肯定，高度评价。新华社、《人民日报》、《光明日报》、《经济日报》、《解放军报》、《工人日报》、《农民日报》、中央电视台、中央人民广播电台等中央国家级主要媒体给予关注和报道。